Deseo®

Ardiente noche de pasión

Heidi Betts

HARLEQUIN®

Editado por HARLEQUIN IBÉRICA, S.A.
Hermosilla, 21
28001 Madrid

ARDIENTE NOCHE DE PASIÓN, Nº 1500 - 24.1.07
Título original: Bedded Then Wed
Publicada originalmente por Silhouette® Books

I.S.B.N.: 978-84-671-4616-5
Depósito legal: B-49391-2006
Editor responsable: Luis Pugni
Composición: M.T. Color & Diseño, S.L.
C/. Colquide, 6 portal 2 - 3º H, 28230 Las Rozas (Madrid)
Fotomecánica: PREIMPRESIÓN 2000
C/. Algorta, 33. 28019 Madrid
Impresión y encuadernación: LITOGRAFÍA ROSÉS, S.A.
C/. Energía, 11. 08850 Gavá (Barcelona)
Fecha impresion para Argentina: 23.7.07
Distribuidor exclusivo para España: LOGISTA
Distribuidor para México: CODIPLYRSA
Distribuidores para Argentina: interior, BERTRAN, S.A.C. Vélez Sársfield, 1950. Cap. Fed./ Buenos Aires y Gran Buenos Aires, VACCARO SÁNCHEZ y Cía, S.A.
Distribuidor para Chile: DISTRIBUIDORA ALFA, S.A.

Capítulo Uno

Los últimos y lentos acordes de una antigua canción de Tammy Winette salían de un pequeño transistor colocado en los escalones del templete de música del parque.

Aquel transistor que había reemplazado a la cadena de música que había utilizado aquella misma noche Emma Davis, que en aquel momento se tapaba la boca para disimular otro bostezo.

Estaba agotada.

Se había pasado el día anterior cocinando para la celebración del Cuatro de Julio y la mayor parte de la mañana de ese mismo día ayudando a decorar la plaza del pueblo.

Las celebraciones del Cuatro de Julio en Gabriel's Crossingera legendarias y Emma estaba encantada de echar una mano siempre que podía, pero ahora, a las once de la noche, estaba exhausta.

Lo único que quería era irse a casa, meterse en la cama y dormir durante una semana o, por lo menos, hasta el mediodía del día siguiente.

Por desgracia, no parecía que fuera a poder hacerlo todavía en un rato porque su padre y sus amigos estaban jugando al póquer. A diferencia de

Emma y la mayoría de la gente, que había recogido sus cosas y se había ido a casa hacía horas, su padre no parecía tener prisa por irse.

Emma dejó caer la cabeza sobre los brazos y cerró los ojos. Si no podía irse a casa, a lo mejor podía echar una cabezadita allí mismo.

–¿Quieres que te lleve a casa?

Una voz grave y profunda penetró en su agotado cerebro y Emma elevó la cabeza para mirar al hombre que se había ofrecido a llevarla a casa.

Aquel hombre era su vecino y uno de sus mejores amigos de la infancia.

Uno de sus mejores amigos y su amor secreto.

Bueno, había sido su amor secreto del colegio, pero ya no lo era. No, claro que no. ¿Pero a quién pretendía engañar? Si con solamente mirar a Mitch Ramsey, un hombre de pelo negro y ojos grises y penetrantes, sentía que se le aceleraba el corazón.

Un momento antes estaba tan cansada que no podía ni pensar, pero ahora se sentía más despierta que nunca, hubiera sido capaz de ponerse a bailar de nuevo... siempre y cuando Mitch bailara con ella, claro.

Como Emma no había contestado, Mitch se quitó el sombrero, lo dejó sobre su muslo y sonrió con amabilidad.

–Tu padre parece encantado jugando a las cartas, pero tú estás cansada, ¿verdad? Si quieres, te llevo a casa y él que se vuelva cuando quiera.

«Mi héroe», pensó Emma.

Siempre le había pasado lo mismo con Mitch. En cuanto le sonreía, Emma sentía que el corazón le daba un vuelco. Si pronunciaba su nombre, Emma sentía que la tierra se abría bajo sus pies.

No era la primera vez que Mitch acudía en su rescate porque Mitch era todo un caballero.

–Me parece una idea genial, gracias –contestó Emma poniéndose en pie–. Voy a decirle a mi padre que me voy.

Mitch asintió y se quedó esperando a Emma mientras ella se acercaba al grupo que estaba jugando al póquer.

–Hola, papá –lo saludó poniéndole las manos sobre los hombros y besándole la mejilla.

Wyatt Davis dejó las cartas sobre la mesa y chasqueó la lengua.

–He vuelto a ganar, chicos –les dijo a sus amigos sin perder tiempo en recoger las ganancias que había sobre la mesa–. ¿Qué tal estás, hija? –le preguntó a continuación girándose hacia ella.

–Estoy cansada y me quiero ir a casa –contestó Emma–. Mitch se ha ofrecido a llevarme, así que tú te puedes quedar jugando a las cartas todo el tiempo que quieras.

Wyatt miró a Mitch y asintió.

–Muy amable por su parte –comentó–. ¿No te importa que me quede?

–Claro que no –sonrió Emma–. Diviértete, pero no bebas porque tienes que conducir.

Su padre sonrió también.

–No te preocupes por mí, cariño, sólo me he tomado una cerveza y ya no voy a beber más.

–Muy bien –se despidió Emma besándolo de nuevo–. Hasta mañana –añadió mirando a los amigos de su padre.

A continuación, volvió al lado de Mitch.

–¿Nos vamos? –le preguntó él.

Emma asintió, recogió su bolso de la mesa y siguió a Mitch hasta su furgoneta azul. Una vez allí, Mitch le abrió la puerta, esperó a que subiera, cerró la puerta y dio la vuelta al vehículo para subir él también.

Una vez dentro, puso el motor en marcha, encendió el aire acondicionado y puso en funcionamiento la radio.

–Gracias de nuevo –murmuró Emma al darse cuenta de que Mitch no tenía intención de conversar–. Ya me veía pasando la noche acurrucada sobre una de las mesas. Si hubiera sabido que mi padre tenía intención de pasarse toda la velada jugando a las cartas, habríamos venido en dos coches.

–De nada –contestó Mitch–. Tu casa me pilla de paso –sonrió.

–La verdad es que, si me hubiera dado cuenta, te habría dicho hace horas que me trajeras.

El rancho de Mitch, Circle R, casi colindaba con la propiedad del padre de Emma. Aunque había tierra entre los dos ranchos, a todos los efectos, eran vecinos.

–¿Y cómo es que tú te has quedado hasta tan

tarde? Suponía que te habrías ido en cuanto hubieras podido.

Mitch era una persona muy querida en Gabriel's Crossingy siempre echaba una mano en las celebraciones, pero, desde que se había divorciado de Suzanne cuatro años atrás, se había convertido en un hombre callado y solitario que pasaba la mayor parte del tiempo solo en su rancho y que iba al pueblo únicamente cuando necesitaba hacer la compra o para algún acontecimiento especial, como aquella noche pero, en aquellas ocasiones, solía irse muy pronto.

–Chase ha llevado a mi madre a casa después de los fuegos artificiales, pero, como ha sido él quien se ha encargado del sistema de sonido, necesitaba que alguien se quedara para desmontarlo y guardarlo –le explicó Mitch señalando el equipo de música que viajaba en el asiento de atrás.

–¿Y por qué no has llevado tú a tu madre casa? –insistió Emma.

–Porque mi familia cree que me he convertido en un ermitaño y que tengo que hacer vida social. Por eso, han insistido para que me quedara. Tenían la esperanza de que conociera a una chica agradable y me vuelva a casar.

Por cómo había hablado, Emma comprendió que la idea no le hacía ninguna gracia, pero no pudo evitar sentir que la sangre le burbujeaba.

–¿Y has conocido a alguna chica que te haya gustado? –preguntó.

–No –contestó Mitch sin pensarselo dos veces–. Claro que tampoco la estaba buscando.

Al instante, Emma sintió que el burbujeo de su sangre cesaba, lo que no tendría que haberla sorprendida en absoluto. No era ningún secreto que la infidelidad de Suzanne y el divorcio habían dejado a Mitch destrozado. Nunca había sido una persona a la que le encantara salir, pero, después del divorcio, se había vuelto más distante que nunca y nada ni nadie podían cambiar su actitud amargada.

Además, Mitch siempre la había tenido por su vecina y su amiga. A Emma le habría encantado que las cosas hubieran sido de otra manera, pero nunca había hecho nada por remediarlo.

Podría haber intentado ligar con él o haberle comentado sus sentimientos directamente, pero no lo había hecho; se había guardado sus sentimientos para sí misma y había seguido la vida de Mitch a cierta distancia.

Era una cobarde. Tal vez, si no lo hubiera sido, Mitch no se habría casado con Suzanne para empezar y no estaría ahora tan triste.

Emma tragó saliva y se limpió las palmas de las manos en los vaqueros, suspirando aliviada al comprobar que estaban llegando a su casa. Llegar a casa pondría fin al incómodo silencio que se había hecho entre ellos.

Al llegar, Mitch aparcó frente a la casa amarillo pálido y apagó el motor.

–¿Quieres que te acompañe a la puerta?

Teniendo en cuenta que Emma estaba a dos segundos y diez pasos de la puerta, la oferta resultaba educada, pero innecesaria.

–No, gracias. Tengo que ir a ver al ganado antes de meterme en la cama –contestó desabrochándose el cinturón y abriendo la puerta.

Una vez fuera, se sorprendió al ver que Mitch había bajado también de la furgoneta y avanzaba hacia ella.

–¿Qué haces? –le preguntó sorprendida.

–Te voy a ayudar con el ganado.

–No hace falta, no te preocupes, ya puedo yo sola –contestó Emma.

Aunque no era su pasatiempos preferido, había crecido mullendo los establos y cepillando a los caballos y, junto con varios empleados, seguía ayudando a su padre con los quehaceres cotidianos del rancho.

Ir a mirar que los caballos tuvieran agua y dejarles un poco de cebada para la noche no era ningún problema.

–Ya sé que puedes tú sola, pero lo harás más rápido si te ayudo –insistió Mitch pasándole el brazo por los hombros.

Emma decidió que era absurdo discutir con él porque lo que había dicho tenía lógica, así que avanzaron hacia los establos. Una vez allí, Emma encendió las luces y ambos se pusieron manos a la obra.

Mitch había pasado tanto tiempo de pequeño en el Double D que sabía dónde estaba todo. Los caballos se pusieron en pie al sentir su presencia y Mitch los fue acariciando al pasar.

Mientras Emma ponía agua a los caballos y se aseguraba de que todos tuvieran comida, Mitch sacó una bala fuera para dejarla en el campo para las vacas.

Terminaron casi al mismo tiempo.

–¿Ya está todo? –le preguntó Mitch a Emma.

–Casi –contestó Emma agarrando una escalera de mano y apoyando la contra la pared–. Hay una camada de gatitos arriba y quiero subir a ver qué tal están.

Dicho aquello, subió por la escalera buscando a los mininos con cuidado pues la luz allí arriba era mucho más débil que abajo y apenas veía.

Al oír que una tabla de madera crujía detrás de ella, se giró y, para su sorpresa, se encontró con que Mitch la había seguido.

–No hacía falta que me acompañaras –murmuró.

–Me apetecía –contestó Mitch sin darle mayores explicaciones.

Tras decidir que Mitch hacía lo que le daba la gana, Emma siguió buscando a los gatitos. Los encontró hechos un ovillo a todos juntos en un rincón. Eran adorables, tan pequeñitos que se los podía tener a todos en la palma de la mano.

Emma había estado jugando con ellos todos los días desde que los había descubierto. Tenían los ojos abiertos, pero todavía caminaban con dificultad.

Emma no quería perturbarles el sueño, lo único que quería era asegurarse de que estaban bien e irse, pero, cuando se disponía a hacerlo, apareció la gata, se frotó contra las piernas de Emma y se colocó junto a sus cachorros para darlos de mamar.

Al ver a su madre, los gatitos se arremolinaron a su alrededor y comenzaron a comer y Emma aprovechó la oportunidad para acariciarlos.

Normalmente, los felinos que vivían en los establos se asustaban de los humanos porque no les solían hacer mucho caso, pero Emma siempre los había tratado bien y desde que era pequeña siempre los había buscado y acariciado, así que ahora tenían un establo lleno de gatos cariñosos que acudían buscando caricias siempre que los oían entrar.

–Son preciosos –murmuró Mitch a sus espaldas.

Emma se sobresaltó pues había olvidado su presencia, algo difícil porque Mitch lo llenaba todo.

–Bueno –comentó nerviosa dando un paso atrás–, sólo quería ver si estaban bien. Nos podemos ir.

–¿Qué prisa tienes? –le preguntó Mitch sentándose sobre una bala de heno–. Si esperamos a que terminen de mamar, podrás acariciarlos un rato.

Emma se metió las manos en los bolsillos de los vaqueros y se columpió sobre los talones. Obviamente, podía ir al establo a acariciar a los gatos siempre que quisiera y Mitch lo sabía perfectamente. Era obvio que quería quedarse un rato. Teniendo en cuenta que Emma ya no solía tener ocasión de hablar con él, y menos a solas, decidió sentarse a su lado.

Así lo hizo, manteniendo la espalda recta y las manos sobre las rodillas. Pensó en algo que decir, pero ya había agotado la lista de temas en el trayecto a casa, así que no se le ocurría nada que decir.

–¿Te lo has pasado bien en la fiesta? –le preguntó Mitch.

–Sí, el picnic del Cuatro de Julio siempre está bien –contestó Emma.

–Sí –comentó Mitch metiéndose una pajita en la boca–. He probado tu tarta de cerezas antes de que volara. Estaba buenísima.

–Gracias.

–También habías hecho más cosas, ¿no? He oído decir a alguien que siempre cocinas un montón para el picnic.

Emma asintió, recordando la cantidad de veces que Mitch, su hermano Chase y ella habían conversado de aquella manera, recordando quellos largos días de verano cuando hacía demasiado calor para salir a correr o a jugar y encontraban una sombra en la que no hacer nada.

Los recuerdos de su infancia, una infancia de lo más feliz, tranquilizaron sus nervios y Emma comenzó a encontrarse más cómoda.

–Ya sabes que mi madre solía cocinar como una loca para las celebraciones. Cuando murió, yo tomé el testigo. Tengo sus recetas y sé que a la gente le gustan.

–Si no hubieras querido seguir cocinando, lo habrían entendido.

–Sí, pero me gusta hacerlo y, además, tengo la impresión de que, así, mi padre siente como que mi madre sigue por aquí.

–Tu madre hacía la mejor ensalada de patatas de todo Texas.

–Sí, es cierto –contestó Emma sonriendo.

–La tuya también estaba muy buena.

–¿Cómo sabes que era la mía? –le preguntó Emma, que sabía que había varios cuencos de ensalada de patatas y que cada una la había preparado una persona diferente.

Mitch se irguió y se acercó a ella muy sonriente.

–Porque te he visto llegar, me he fijado bien en el cuenco en el que llevabas la ensalada, te he estado observando mientras dejabas todo lo demás sobre la mesa y luego he ido a servirme el primero para poder comer de tu comida.

Su rostro estaba a pocos centímetros del de Emma, que percibía su aroma, un aroma que la hacía pensar en despertase entre los brazos de un hombre fuerte y sexy; más en concreto de aquel hombre que tenía ante sí, despertarse a su lado, acariciarle la mejilla, besarlo…

–Pues yo no te he visto –respondió incapaz de apartar la mirada de su boca.

–Eso es porque me estaba escondiendo para que la gente no me hiciera las preguntas que me suelen hacer siempre que se me ocurre aparecer por el pueblo, pero, desde donde estaba, te tenía bien vigilada y veía todo lo que hacías.

Emma sintió que se estremecía ante sus palabras. La había estado mirando en el picnic y ella sin saberlo. En vez de sentirse nerviosa porque la hubiera estado espiando, se sentía halagada y repentinamente excitada.

–Si hubiera sabido que andabas por ahí, te habría invitado a bailar –le dijo acariciándole la mandíbula.

Mitch le agarró la mano y le besó la palma. Al instante, Emma sintió que el deseo se apoderaba de ella.

–Podemos bailar ahora –le ofreció Mitch.

–No tenemos música.

–Bueno –murmuró Mitch acariciándole el labio inferior con el pulgar–, no sé tú, pero yo oigo algo.

A continuación, se inclinó sobre ella y la besó. Emma sintió que el corazón le latía aceleradamente, parecía que se le iba a salir del pecho, trotaba como un caballo al galope.

Mitch Ramsey la estaba besando.

Por fin.

Y, para colmo, besaba de maravilla.

Aquel hombre sabía exactamente cómo mover los labios, cómo utilizar la lengua y sabía a café con leche y azúcar.

Emma sintió que los pezones se le endurecían y se apretó contra él mientras Mitch acariciaba su cuerpo. El calor de sus caricias le quemaba la blusa, le ponía la carne de gallina y elevaba su temperatura corporal por momentos.

Emma le acarició la espalda, sintiendo sus músculos moverse bajo sus manos, deslizando sus dedos hasta encontrar la cinturilla del vaquero de Mitch y sacándole la camisa mientras él le desabrochaba la blusa.

Aquello estaba siendo increíble, maravilloso, espectacular, todo lo que Emma se había imaginado y más.

De repente, Mitch la tomó de los hombros y la separó levemente de su cuerpo. Emma se dio cuenta entonces de que jadeaba y de que a él, que la miraba con deseo, también parecía faltarle el aire.

–No pares –le dijo acariciándole el pelo, temiendo que Mitch le dijera que aquello había sido un error–. Por favor –añadió sin importarle parecer patética o desesperada–. No pares.

–Claro que no –murmuró Mitch antes de besarla de nuevo, enviandola directamente al reino de la perfección temporal.

Capítulo Dos

Mitch sentía que el cuerpo le ardía, que la necesidad de estar cerca de Emma se apoderaba de él.

Cuatro años.

Hacía cuatro largos años que se había divorciado de Suzanne, cuatro años que no estaba con una mujer. Tanto tiempo había dado al traste con su control.

Y allí se encontraba, con una mujer excitada entre los brazos.

Daba igual que fuera Emma, su amiga de la infancia y vecina, una mujer con la que no debería ni pasársele por la cabeza acostarse, pero sabía a menta y olía a flores y le recordaba aquellos tiempos de su vida en los que era feliz, aquella época en la que eran unos chiquillos sin preocupaciones.

Con Emma estaba a salvo, la conocía de toda la vida y, además, era una mujer de lo más sensual.

¿Por qué no se había dado cuenta antes? ¿Por qué no se había fijado nunca en sus pechos pequeños y firmes? ¿Por qué no se había fijado nunca en sus labios y en su melena rubia?

No debería pensar en ella en aquellos térmiños, no debería estar tocándola y besándola, pero la sensación era tan maravillosa que no podía parar.

Emma emitía sonidos de lo más excitantes cada vez que sus lenguas se encontraban y Mitch no dudó en quitarle la blusa y en dejarla sobre una bala de heno que tenían detrás.

Se fijó en cómo subía y bajaba el pecho de Emma, al ritmo de su respiración, entrecortada y rápida, pero aquello no le impidió seguir adelante, acariciarle el pecho izquierdo. Uno de sus dedos acariciaron la delicada piel mientras jugueteaba con el pulgar con el pezón.

Emma gimió de placer, lo que hizo que Mitch se estremeciera. Emma tenía la cabeza echada hacia atrás, exponiendo la larga y suave columna de su garganta y Mitch no pudo resistirse a besarla en aquel lugar, lamiéndola y mordisqueandola.

Utilizó la otra mano para desabrocharle y quitarle el sujetador. Mitch rezó para que Emma protestara, para que le dijera que parara porque era lo suficientemente caballero como para hacerlo, como para no presionarla si ella no quería.

Sin embargo, si le dejaba hacer lo que él quería... si no le decía nada, Mitch dudaba mucho de ser lo suficientemente hombre como para dejarla.

En aquellos momentos, tenía acceso completo a su pecho desnudo y se tomó un momento para admirar el pálido esplendor de sus pequeños y erectos pezones color cereza.

Aquellos pechos le recordaban a dos helados,

dulces y maravillosos y, sin dudar un momento, se inclinó sobre ella y comenzó a chupárselos.

Emma metió los dedos entre los cabellos de Mitch mientras sentía su lengua alrededor de la aureola de sus pechos, un movimiento que estaba excitandola tanto que la llevó a abrir las piernas de manera instintiva para tener acceso más íntimo al cuerpo de Match.

Aquel movimiento le dejó claro que él también la deseaba desesperadamente.

Mitch sudaba y se estremecía de deseo. No recordaba haber estado así de excitado jamás. Volvió a besar a Emma en la boca y, al mismo tiempo, intentó desabrocharle el botón de los pantalones.

Cuando lo hubo conseguido y con la cremallera también bajada, deslizó la palma de su mano sobre el abdomen de Emma y acarició su piel, se deslizó más allá de la cinturilla de sus braguitas, pasó por sus caderas y la agarró de las nalgas.

Cuando la escuchó gemir y sintió que se apretaba contra su erección, Mitch se dio cuenta de que no iba a poder aguantar mucho más. Se moría por estar dentro de ella.

Tras tumbarla boca arriba sobre la paja, se sentó un momento para quitarle los zapatos y las braguitas. A continuación, se tumbó de nuevo sobre ella, se quitó la camisa, se desabrochó el pantalón y se abrió la cremallera.

Emma colocó sus piernas alrededor de la cintura de Mitch, obsequiándole con la humedad y la calidez del centro de su cuerpo.

Mitch acarició el pelo, la miró a los ojos y le sonrió. Emma le devolvió la sonrisa, lo agarró de los hombros y la besó. Mientras sus lenguas se encontraban, Mitch elevó las caderas y se introdujo en su cuerpo.

La intensa sensación que se produjo en aquel momento hizo que ambos se tensaran. Mitch se quedó muy quieto, percibiendo los músculos internos de Emma, consciente de que, si se movía, aquello iba a terminar antes de haber empezado.

Así que apretó los dientes y se concentró en la respiración. Cuando hubo conseguido tranquilizarse, abrió los ojos y miró a Emma, que parecía un ángel. Emma también lo estaba mirando y había en sus ojos un deseo inequívoco y una expresión de sorpresa que debía de ser la misma que él lucía en su rostro.

Mitch tomó aire y la volvió a besar, momento que Emma aprovechó para abrazarlo con fuerza y, con un movimiento certero, lo condujo hasta el interior más profundo de su cuerpo.

Mitch gimió de placer y comenzó a moverse. Al principio, fueron movimientos lentos, pero, al cabo de un rato, fueron desesperados y cada vez más rápidos. Mitch sentía que la sangre corría, caliente y licuada, a toda velocidad por sus venas en dirección a su entrepierna.

Emma echó la cabeza hacia atrás y Mitch aprovechó para besarla en el cuello, para mordisquear el lóbulo de la oreja y para degustar de nuevo sus pechos.

De la garganta de Emma salían sonidos graves y eróticos, sonidos que hacían que Mitch se excitara cada vez más y que lo obligaron a moverse cada vez a más velocidad. Sentía que el sudor le resbalaba por la cara y por la espalda, sentía los dedos de Emma en el pelo, acariciándolo, sentía sus caderas marcándole el ritmo a seguir, un ritmo que cada vez lo acercaba más al placer infinito.

–Emma –aulló.

Emma lo miró a los ojos y sonrió.

–Mitch –contestó.

Aquello bastó para que Mitch alcanzara el orgasmo sintiendo que un placer cósmico se apoderaba de su cuerpo, impregnando todas y cada una de las células de su organismo.

Con un gemido, la penetró una última vez y, aliviado, sintió que Emma se estremecía y lo seguía en el placer del orgasmo.

Emma no podía parar de sonreír mientras acariciaba el pelo, la espalda, los bíceps y el torso desnudo de Mitch.

Mitch estaba tumbado encima de ella y no se movía después de la sesión de sexo más intensa que Emma había experimentado jamás.

Todavía no se podía creer que hubiera sucedido. Su cuerpo rezumaba todavía pasión y sentía los músculos relajados después de la tensión del deseo.

Emma había soñado en tantas ocasiones con estar con Mitch, habían sido tantas las fantasías que había tenido con él que, cuando había comenzado a besarla, una parte de ella se había preguntado si no se sentiría defraudada.

Tal vez, lo que realmente la había preocupado había sido defraudarlo. En cualquier caso, Mitch había estado maravilloso, amable, cariñoso e increíble.

No solamente sus caricias habían sido maravillosas. No, además, se había mostrado considerado y bueno durante toda la noche. La había llevado a casa, la había ayudado con el ganado y había subido al ático con ella a ver qué tal estaban los gatos.

Era aquél un lado de Mitch que hacía tiempo que Emma no había podido compartir con él, desde que Suzanne lo había abandonado y le había destrozado el corazón.

Mitch creía que había llevado bien la infidelidad y posterior divorcio de su mujer, creía que se había recuperado rápido del daño y que había vuelto a su vida normal, pero todo el mundo estaba convencido de lo contrario.

Él fingía estar bien cuando, en realidad, por dentro estaba frío y Emma tenía muy claro que la culpable de todo eso era Suzanne.

A ella nunca le había gustado aquella chica. Todavía recordaba el día en el que Mitch la había llevado a Gabriel's Crossingtras haberla conocido en una gasolinera en Abilene. Aquel día, Emma se había dado cuenta de que su sueño de casarse con Mitch había quedado destrozado.

Suzanne era alta, rubia y con un cuerpo espectacular mientras que Emma tenía un cuerpo normal de pechos pequeños y caderas estrechas. Es decir, no tenía curvas femeninas, algo que nunca le había importado hasta que había aparecido Suzanne Yates para recordarle todas sus carencias y robarle a Mitch de paso.

Por supuesto, tal vez había sido una idiota por soñar con que Mitch podía enamorarse de ella por el mero hecho de haber crecido juntos, porque ella también había crecido junto a Chase y jamás había sentido nada por él.

Hasta aquella noche, creía realmente que había superado su amor por Mitch Ramsey y, si no era así, por lo menos, estaba convencida de que, tras la traición de Suzanne, Mitch estaba fuera del mercado y más alejado de su alcance que nunca.

En aquellos momentos, sin embargo, no sabía qué pensar. Su corazón quería creer que aquello había sido el comienzo de algo permanente, que llevándola a casa y haciéndole el amor le estaba demostrando que se estaba recuperando de la ruptura con su mujer y que estaba deseando volver a amar de nuevo.

Sin embargo, su mente racional le advertía que tuviera cuidado y le recordaba que una noche de pasión no tenía por qué significar una propuesta de matrimonio.

Con aquello en mente, Emma decidió seguirle la corriente a Mitch, hiciera lo que hiciera.

–Mmm –dijo Mitch como si se acabara de despertar–. ¿Estás bien? –le preguntó a continuación mirandola a los ojos.

Emma asintió, mordiéndose la lengua para no añadir nada más.

Mitch se apartó y Emma se sintió desprotegida al perder el contacto de su cuerpo, pero apretó los puños y tomó aire varias veces disimuladamente hasta haber controlado el deseo de alargar el brazo para retenerlo a su lado.

–Deberíamos vestirnos antes de que llegue tu padre y nos pille –comentó Mitch dedicándole una sonrisa divertida–. He conseguido evitar a los padres enfadados durante casi cuarenta años y no quiero empezar ahora.

Dicho aquello, se puso en pie y comenzó a vestirse. Emma se sentó y aceptó la ropa que Mitch le pasaba. Tras vestirse, se pasó los dedos por el pelo para peinarse y se quitó las pajitas. Cuando miró a Mitch, lo encontró completamente vestido, abrochándose el cinturón.

–¿Bajamos? –le preguntó.

Emma miró a su alrededor y se sorprendió al ver que nada delataba lo que acababa de suceder entre ellos. Tras su explosiva unión, no le hubiera extrañado ver marcas de quemaduras, paja chamuscada y humo, pero todo estaba en orden, incluso los gatitos, que dormían con su madre en el mismo rincón donde los habían encontrado.

Emma se giró hacia Mitch, lo miró a los ojos, asintió y lo siguió escaleras abajo. Justo en el momento el que salían del establo, oyeron un coche que se acercaba y vieron unas luces por el camino.

–Ése debe de ser mi padre –comentó Emma.

–Por los pelos –contestó Mitch metiendose las manos en los bolsillos del pantalón.

Desde luego, si estaba nervioso por tener que ver a su padre cuando hacía unos minutos había estado encima de su hija, lo disimulaba muy bien.

El padre de Emma aparcó su furgoneta junto a la casa y apagó el motor. Segundos después, abría la puerta y salía del vehículo. No parecía completamente sobrio, así que Emma avanzó hacia él y lo agarró del brazo.

–Vaya –comentó Wyatt–. Creía que estarías dormida. ¿Qué haces aquí fuera?

–Mitch y yo estábamos... eh...

–Echándole un último ojo al ganado –intervino Mitch.

–Muy bien, muy bien, gracias por ayudar a mi hija –contestó el padre de Emma.

Emma se sonrojó y rezó para que ni su padre ni Mitch se dieran cuenta.

–De nada –contestó Mitch–. ¿Queréis que os ayude con algo más?

–No, hijo, vete a casa –contestó Wyatt subiendo los escalones del porche–. Que duermas bien. Hasta mañana.

–Hasta mañana –se despidió Mitch.

–Emma, me voy a meter en la cama. Hasta mañana, hija.

–Muy bien, papá. Buenas noches. Te quiero.

–Yo también te quiero, cariño.

Una vez a solas, Emma esperó un rato para hablar.

–¿No te han dicho nunca que no se miente a los mayores? –bromeó.

–Sí, pero era mejor una pequeña mentirijilla que decirle la verdad a tu padre –sonrió Mitch–. ¿Querías que le dijera que hemos estado rodando por el establo la última media hora?

Emma hizo una mueca de disgusto. Aunque era una mujer hecha y derecha que podía hacer con su cuerpo y con su vida lo que quisiera, la idea de que su padre supiera que acababa de compartir una sesión de sexo salvaje con Micth no le hacía gracia.

–Entendido –le dijo acompañándolo a su furgoneta–. Gracias por haberme ayudado con el ganado.

Mitch asintió y se subió a su vehículo.

Emma sabía que se iba a ir y sentía una fuerte presión en la boca del estómago, pero ¿qué esperaba? ¿Acaso hubiera preferido que la hubiera invitado a dormir en su casa o que hubiera sugerido que volvieran al establo? ¿Acaso había soñado con que se pusiera de rodillas ante ella, le declarara su amor eterno y le pidiera que se casara con él?

Muchas veces había albergado ilusiones y se había hecho fantasías, pero no era ninguna ingenua. Era una mujer realista que sabía que el sexo era sexo incluso cuando lo había compartido con el hombre del que siempre había estado enamorada.

–Bueno, ya nos veremos –se despidió.

La ocasión perfecta para que Mitch le pidiera una cita, le dijera que la llamaría un día de aquéllos, lo que fuera que implicara que lo que había ocurrido entre ellos había sido algo más que una aventura de una noche.

–Sí –contestó Mitch sin embargo–. Buenas noches –se despidió a continuación poniendo en marcha el motor.

Emma se obligó a sonreír.

–Buenas noches –contestó.

A continuación, se quedó mirando cómo la furgoneta de Mitch se perdía en dirección a la carretera y, cuando las luces rojas se perdieron de vista, se estremeció y sintió un terrible frío en el centro de su pecho que no tenía nada que ver con la fresca brisa de la noche.

Capítulo Tres

Emma consultó la lista de la compra y comprobó que tenía todo lo que necesitaba excepto la harina para hacer pan, así que se metió por el pasillo en el que estaban aquellos productos y rastreó las estanterías en busca de la marca y el tipo que quería.

Para su desgracia, estaba en la balda más alta y no llegaba. Haciendo alarde de gran ingenio, apartó el carrito, se subió con cuidado a unas latas grandes que había en la primera balda y, agarrándose a otra balda que le llegaba por la cintura intentó llegar hasta la bolsa que le interesaba, pero, aunque la rozó con los dedos, todavía le quedaban unos milímetros para poder agarrarla.

–¿Necesitas ayuda?

Sobresaltada, se soltó de la estantería a la que estaba agarrada y cayó hacia atrás. Por suerte, unas manos y un torso fuertes la agarraron y le permitieron recuperar el equilibrio.

Al girarse, se encontró con los ojos grises de Mitch. Claro que tampoco necesitaba verlo para saber de quién se trataba porque hubiera reconocido su voz en cualquier lugar.

–Hola –lo saludó sintiendo que le faltaba el aire.

Habían pasado dos semanas desde la fiesta del Cuatro de Julio, desde aquella noche en el establo, dos semanas en las que no había sabido nada de él y durante las que no lo había vuelto a ver.

Aquello no la había sorprendido. Lo cierto era que lo que sí que la habría sorprendido realmente hubiera sido que se pasara por su casa o que la hubiera llamado por teléfono. En cualquier caso, el hecho de que no la hubiera sorprendido que no lo hubiera hecho no quería decir que no estuviera disgustada.

Estaba disgustada porque Mitch fuera capaz de irse sin mirar atrás después de lo que habían compartido, pero también estaba disgustada ante la posibilidad de que, al haberse acostado, su maravillosa amistad se hubiera terminado.

Y ahí lo tenía, ante ella, mirandola por debajo del borde de su sombrero Stetson negro. No parecía particularmente contento de verla, pero claro que Mitch no parecía contento con nada desde que Suzanne se había ido.

–Hola –la saludó–. ¿Es esto lo que querías? –añadió agarrando una bolsa de harina con facilidad y entregándosela.

Emma la aceptó, la apretó contra su pecho y tragó saliva intentando pensar en algo ingenioso que decir para romper la tensión que se había instalado entre ellos e intentar volver a tener la camaradería que habían compartido antes de que el sexo hubiera enturbiado las aguas entre ellos.

–¿Tienes algo que hacer ahora? –le preguntó Mitch de repente.

–No, tenía pensado ir a casa a dejar la compra –contestó Emma.

–¿Quieres que nos tomemos un café?

Emma consultó el carrito y comprobó que no había comprado nada que necesitara refrigeración, así que, aunque el estómago le había dado un vuelco al pensar en lo que Mitch querría decirle, asintió.

–Muy bien. ¿Necesitas algo más?

Emma consultó la lista de nuevo.

–No, lo tengo todo.

Así que avanzaron juntos por el pasillo, Emma empujando el carrito y Mitch detrás. Los tacones de sus botas repiqueteaban rítmicamente sobre el suelo, al compás del nervioso latido del corazón de Emma.

Mientras la cajera la atendía y le cobraba, Mitch permaneció a su lado y, a continuación, la ayudó a llevar las bolsas al coche.

–¿Adónde vamos? –le preguntó Emma con la puerta del coche abierta.

–A la cafetería de Rosie –contestó Mitch–. Nos vemos allí.

Diez minutos después, estaban sentados uno enfrente del otro a una de las mesas de la cafetería, que estaba situada en el centro del pueblo y era el restaurante más famoso de la población, el lugar al que la gente de por allí iba en busca de comida casera y del último cotilleo.

El turno de comidas ya había terminado y la gente que fuera a cenar no llegaría hasta dentro de unas horas, así que el local estaba tranquilo. Cuando la camarera los atendió, pidieron tarta y café y se quedaron sentados en un incómodo silencio.

Emma se dedicó a doblar y desdoblar la servilleta de papel hasta que los bordes comenzaron a romperse. Por fin, tomó aire, puso las palmas de las manos sobre la mesa y miró a Mitch a los ojos.

–Bueno, ¿de que querías que habláramos? –le espetó decidiendo que era mejor ir directamente al grano que quedarse allí sentada imaginándose lo peor.

–De nosotros.

Aunque Emma lo sospechaba, no había esperado que se lo dijera así.

Esperó hasta que la camarera les llevó dos porciones de tarta y dos tazas de café humeantes antes de responder, un tiempo preciado que le sirvió para calmarse y para ordenar sus pensamientos.

Una vez a solas de nuevo, Emma volvió a tomar aire y habló en voz baja para que nadie los oyera.

–¿Qué pasa con nosotros?

–Creo que deberíamos estar juntos.

Emma enarcó las cejas. Nunca había sido fácil hablar con Mitch, pero en aquellos momentos la estaba confundiendo por completo.

–¿Juntos?

–Sí, creo que deberíamos formalizar nuestra relación –contestó comenzando a comerse la tarta de arándanos como si estuviera hablando del tiempo–. Lo que ocurrió entre nosotros no tendría que haber sucedido. No tendrá que haber sucedido en la manera que sucedió y por eso te pido perdón.

Al oír sus palabras, Emma se sintió primero avergonzada y, a continuación, enfadada y dolida. ¿Cómo se atrevía aquel hombre a pedirle perdón por lo que ella consideraba una de las noches más especiales de su vida? Si él lo sentía, si se arrepentía de lo que había sucedido, debería haberselo guardado para sí en lugar de arrinconarla de aquella manera.

–¿Eso era lo que querías decirme? –le preguntó–. ¿Te arrepientes de haberte acostado conmigo? Para que lo sepas, no eres el primer hombre con el que me acuesto. No me has seducido, no me has arrebatado la virginidad, no has hecho nada por lo que te debas disculpar. Soy una mujer hecha y derecha que toma sus propias decisiones y se acuesta con quien le da la gana. No necesito ni tu permiso ni tu aprobación.

Mitch la miró y asintió.

–Tienes razón. Tú tomas tus decisiones –dijo dándole un sorbo al café–. La cosa es que yo no soy de tener una aventura de una noche con una vecina y amiga de toda la vida. Me parece... rastrero.

Emma se dijo que no la estaba llamando a ella rastrera, pero de todas maneras se puso a la defensiva.

–Lo que quiero decir es que creo que deberíamos salir y ver qué pasa.

De todo lo que esperaba que le dijera, aquello tomó a Emma completamente por sorpresa. De repente, sintió que el corazón le latía aceleradamente. ¿Acaso estaría soñando?

–¿Cómo has dicho? –le preguntó.

–Yo creo que deberíamos vernos, salir por ahí y ver qué pasa.

Lo que Mitch le acababa de decir a Emma era verdad aunque sólo a medias. Lo cierto era que la propuesta no procedía de un interés real sino de su nobleza y, por supuesto, de su sentimiento de culpabilidad.

En las dos semanas que habían transcurrido desde la celebración del Cuatro de Julio, desde que habían hecho el amor en el establo de su casa, no había podido parar de pensar en ella.

En parte, porque el sexo había sido increíble y cada fibra de su cuerpo quería volver a estar con ella y, por otra parte, porque Emma era su vecina, su amiga de la infancia. Habían ido juntos al colegio, habían subido a los árboles y montado a caballo juntos. Habían sobrevivido al baile de graduación y habían sobrevivido a la muerte de la madre de Emma, que era como una segunda madre para él. Todo eso lo habían hecho juntos.

Emma no era una chica a la que hubiera conocido una noche y con la que pudiera compartir sexo durante unas horas y olvidarse.

De momento, lo que le acababa de proponer

era la mejor solución que se le había ocurrido. Su código de honor personal no le permitía olvidarse y fingir que no había sucedido nada. Ni siquiera habría tratado así a una desconocida que hubiera conocido una noche en un bar.

Así que, mucho menos, a Emma.

Utilizarla como si se tratara de una aventura de una noche le parecía inaceptable, pero salir con ella durante un tiempo, no.

Mitch sabía que no saldría nada de aquella relación porque era imposible y, además, él no quería que sucediera, pero, si salían durante un tiempo y lo dejaban, podría justificar haberse acostado con ella.

Y no volvería a acostarse con ella, eso lo tenía muy claro.

A pesar de que el recuerdo de besarla y de tocar su piel lo encendía y hacía que la erección le apretara los pantalones.

Conocía a Emma de toda la vida, pero aquélla era la primera vez que lo había distraído como mujer, la primera vez en la que se había percatado de lo sexy y atractiva que era.

Físicamente, era todo lo contrario a Suzanne. Su ex era una mujer de curvas femeninas, grandes pechos y amplias caderas mientras que Emma estaba más proporcionada y era más menuda.

Tenía el pelo rubio natural y no rubio platino teñido, jamás se maquillaba y llevaba ropa bonita pero cómoda en lugar de ropa apretada como Suzanne.

–¿Qué me dices? –le preguntó terminándose la tarta y dándose cuenta de que Emma todavía no la había probado.

¿Qué podía decir? ¿Qué debía decir?

Desde luego, aquélla era la invitación para salir más rara que le habían hecho en su vida. De haberse tratado de otro hombre, se habría reído en su cara, pero se trataba de Mitch.

¿Debía aceptar porque su corazón había soñado millones de veces con aquel momento o debía negarse porque sospechaba que la oferta procedía más de un sentimiento de culpabilidad que de un interés verdadero?

Emma tomó la taza de café caliente entre las manos y se la llevó a la boca para disponer de un poco más de tiempo aunque sabía desde el principio cuál iba a ser su contestación porque sabía que su corazón y sus esperanzas la iban a llevar a querer ver adónde podía llevarlos aquello.

A lo mejor, sólo se trataba de un par de citas, de salir a cenar e ir al cine, pero, a lo mejor los llevaba a algo más, a lo mejor Mitch se daba cuenta de que jamás se tendría que haber casado con Suzanne, a lo mejor se daba cuenta de que debería haberse casado con una mujer como ella.

Con un poco de suerte, a lo mejor, Mitch se daba cuenta de que debería haberse casado con ella.

Se dijo que aquello era esperar demasiado, pero estaba dispuesta a arriesgarse. El riesgo tampoco era demasiado teniendo en cuenta que, si las cosas salían bien, la recompensa sería enorme, todo lo que ella siempre había soñado.

Y, si no salía bien, seguiría siendo la única persona en el mundo en saber de sus sueños y sus deseos con aquel hombre, sería la única en sufrir.

–Muy bien –contestó mirandolo a los ojos.

–Muy bien –dijo Mitch sacándose la billetera del bolsillo y dejando unos cuantos billetes sobre la mesa–. Te recojo a las seis –añadió poniéndose en pie.

Y, dicho aquello, sin mirar atrás, salió de la cafetería dejando a Emma sola con su café y su tarta sin tocar.

Emma se dijo por enésima vez que debería haber llamado a Mitch para cancelar su cita de aquella noche.

Mitch no se había comportado exactamente como un príncipe encantador cuando la había dejado sola en la cafetería. Además, no le había pedido una cita sino que le había dicho directamente a qué hora pasaría a buscarla.

Ya solamente por eso se merecía que lo dejara plantado.

Aun así, allí estaba, ante el espejo de cuerpo entero, fijándose en su apariencia por última vez antes de que llegara para recogerla.

Tras decirle a su padre que no la esperara para cenar porque, aunque no sabía exactamente los planes de Mitch suponía que tomarían algo por ahí, había subido a su habitación en busca de algo que ponerse.

Al no tener claro su destino, no le había sido fácil elegir, pero, al final, se había decidido por una falda vaquera y una blusa amarillo pálido. Mientras se colocaba el pelo, oyó que llegaba el coche de Match y lo escuchó saludar a su padre y conversar con él.

Emma tomó aire, se puso los zapatos y se dijo que, a pesar de que le resultara difícil, había accedido a salir con él y que, a pesar de tener los nervios de punta, le apetecía un montón.

–Emma, cariño, ha llegado Mitch –le dijo su padre desde abajo.

¡Como si no se hubiera dado cuenta! De hecho, se le había puesto la piel de gallina en cuanto había oído su furgoneta.

–Ya voy –contestó.

Mitch la estaba esperando en la cocina.

–Hola –lo saludó.

–Hola –contestó él mirandola de arriba abajo–. Estás guapa.

No era el mejor cumplido que le habían hecho, pero, sabiendo que Mitch no solía prodigarse en cumplidos, Emma decidió aceptarlo.

–Gracias. Tú, también.

Mitch llevaba unos vaqueros y una camisa lisa, la ropa que llevaba siempre, pero, como a Emma le parecía que siempre estaba guapo, no había mentido.

–¿Nos vamos?

Emma asintió, agarrando su cazadora del colgador que había junto a la puerta.

–Pasadlo bien –les dijo su padre.

Mitch cerró la puerta, la acompañó a la puerta del pasajero y la ayudó a subir a la furgoneta.

–¿Adónde vamos? –le preguntó Emma mientras avanzaban por el camino que llevaba a la carretera principal.

–Ya lo verás.

Emma enarcó una ceja, pero Mitch siguió mirando la carretera y no vio la mirada de consternación que Emma le había dirigido.

Diez minutos después, entraban en el aparcamiento de Silver Spun, uno de los locales más famosos de la zona. Había luces en el tejado y carteles de neón en las ventanas que anunciaban diferentes marcas de cerveza.

Emma sólo había estado en aquel lugar un par de veces y siempre con un grupo de amigas porque en aquel local solía haber peleas los fines de semana, pero estaban entre semana y, además, iba con Mitch, así que no tenía nada de lo que preocuparse.

Mitch rodeó la furgoneta para abrirle la puerta y la tomó de la mano para entrar en el bar. Al instante, la música country los envolvió. Mirara donde mirara, Emma veía hombres y mujeres ataviados con ropa vaquera, bailando, charlando, sentados en las mesas y en la barra con cervezas y cuencos de cacahuetes.

Al fondo del local había un grupo tocando en un escenario y unas cuantas parejas bailando.

–¿Qué quieres hacer? –le preguntó Mitch inclinándose sobre ella y hablándole al oído para que lo oyera por encima de la música–. ¿Te apetece más bailar, sentarnos y tomarnos unos nachos o sentarnos en la barra y tomarnos una copa?

Emma miró a su alrededor y sopesó las opciones. Aquello estaba muy lejos del plan que ella se había imaginado, compuesto por película y cena en un sitio tranquilo, pero, aun así, a lo mejor se lo pasaban bien.

–Vamos a beber algo –gritó señalando la barra.

Sintiendo la mano de Mitch en la espalda, Emma se abrió paso entre la gente y se subió a uno de los taburetes que había junto a la barra de madera. Mitch se sentó a su lado y pidió dos cervezas.

Dado que Emma no había cenado, se tomó la cerveza muy lentamente, intentando no fijarse en el reflejo de sus imágenes en el espejo que había en la pared detrás de la barra.

No era su propio reflejo la que la ponía nerviosa, sino el de Mitch. Aquel hombre era demasiado guapo, demasiado alto y demasiado masculino.

Parecía un personaje de Clint Eastwood.

Emma se obligó a dejar de mirarlo y se concentró en la etiqueta roja pegada en la botella de cerveza que se estaba bebiendo hasta que sintió que el pulso se le normalizaba.

A pesar de que estaban en un lugar abarrotado de gente, y con la música a todo volumen, se sentía irremediablemente atraída por él. Mitch no la había vuelto a tocar íntimamente desde aquella noche en el establo de hacía dos semanas y, aun así, Emma seguía sintiendo el roce de sus manos y de su boca por todo el cuerpo.

No pude evitar estremecerse y le dio un buen trago a la cerveza para apagar el fuego que se había apoderado de ella.

Cuando sintió la mano de Mitch en el brazo, dio un respingo.

–Perdona, no quería asustarte.

Emma se dio cuenta de que le hablaba a un volumen normal, lo que la hizo percatarse de que el grupo de música estaba tocando canciones mucho más suaves.

–Vamos a bailar –añadió Mitch.

Sin esperar su respuesta, la tomó del brazo y tiró de ella. A continuación, entrelazó sus dedos con los de Emma y la guió hasta la pista de baile, donde la tomó entre sus brazos.

Emma pensó que estaban demasiado cerca. Por supuesto, no para estar bailando en un local, pero si para no ponerse nerviosa.

Sentía una de las manos de Mitch en las lumbares porque la tenía abrazada por la cintura. Sus cuerpos se rozaban a la altura del pecho, del estómago y de la pelvis, haciendo surgir un fuego abrasador en aquellos lugares.

Si Mitch no la hubiera estado sujetando, probablemente se habría derretido allí mismo porque Emma se sentía como si estuviera bailando sin tocar el suelo.

La música los envolvía y Emma se encontró imaginándose que aquélla no era su primera cita, que eran mucho más que dos amigos de toda la vida jugando con la idea de tener algo más serio, se imaginó que llevaban mucho tiempo juntos, incluso que llevaban varios años casados y estaban muy enamorados, se imaginó que estaban celebrando su aniversario o, quizá, simplemente que habían decidido salir un rato sin los niños.

Emma sintió que Mitch deslizaba levemente la mano que tenía en sus lumbares y le acariciaba la parte superior de la nalga, apretándola contra su erección.

La sorprendió que se sintiera tan atraído por ella. Después de tantos años intentando que se fijara en ella, que de repente se sintiera tan atraído por ella sexualmente la confundía y la desequilibraba.

Sobre todo, porque Mitch era capaz de hacerle el amor con abandono y de desaparecer tranquilamente y no dar señales de vida durante quince días.

En cualquier caso, lo estaba intentando. La propuesta que le había hecho de que salieran juntos no era la más sutil que le habían hecho y aquella primera cita no estaba resultando la más divertida de su vida, pero Mitch se estaba esforzando.

Emma sentía que el corazón le latía aceleradamente y que las piernas le fallaban, así que suspiró y cerró los ojos, olvidándose de que estaban en medio de una pista de baile abarrotada.

Para ella, sólo existían Mitch y las chispas que había entre ellos. Mitch apoyó la mandíbula contra su mejilla y Emma sintió su aliento en el pelo.

–¿Quieres que nos vayamos?

Emma lo miró a los ojos y vio deseo en ellos, lo que hizo que no se parara a analizar los pros y los contras de su contestación y que respondiera de la única manera en la que su corazón y su cuerpo sabían.

–Sí.

Capítulo Cuatro

Mientras prácticamente arrastraba a Emma fuera del bar y avanzaban por el aparcamiento, Mitch se llamó seis o siete cosas y ninguna agradable.

La había llevado adrede a aquel local sabiendo que estaría lleno de gente y de ruido, confiando en que no habría posibilidad de que se sintiera atraído por ella.

¡Ja! Su brillante plan se había ido al garete en un abrir y cerrar de ojos. La situación había comenzado de manera inocente, sentándose y tomándose una cerveza. En aquel momento, la música y las conversaciones de los otros habían hecho que charlar se hiciera imposible, lo que a Mitch había parecido perfecto, pero, luego se le había ocurrido pedirle que bailaran…

¡Qué gran error!

¿Pero en qué estaba pensando? Ya se le podía haber ocurrido invitarla a bailar con una canción más rápida pero, no, se lo había pedido justamente cuando el grupo de música había comenzado a interpretar canciones lentas, así que no había tenido más remedio que tomarla entre sus brazos y sentir su cuerpo.

Al principio, lo había hecho encantado. Al sentir sus pechos con los pezones casi erectos contra su torso, se había dado cuenta de que estaba metido en un buen lío.

Para entonces, ya era demasiado tarde. El olor de su pelo recién lavado y su perfume de flores se habían apoderado de él, la caricia de sus manos, de su aliento y de sus caderas lo habían excitado en un instante.

A pesar de que se había esforzado por mantener el control, a pesar de que se había recordado que se había prometido a sí mismo que no se iba a volver a acostar con ella, se había encontrado inclinándose sobre ella y preguntándole si se quería ir.

Adiós a las cervezas, adiós a su promesa de mantener la relación entre ellos en un nivel platónico.

La deseaba, la deseaba con tanto ardor que la imagen que se le vino a la cabeza fue la de un toro embistiendo un capote rojo.

En cuanto estuvieron solos en el coche, se abalanzó sobre ella, besándola con pasión, acariciándola por todas partes, apartando la ropa hasta llegar a su piel desnuda.

Emma sabía a la cerveza que acababan de compartir, pero también a sí misma, a mujer dulce e inocente.

Emma lo deseaba con la misma pasión. Sus manos abrieron los botones de su camisa, desabrocharon los de su cinturón. Era obvio que estaba tan ansiosa como él de que sus cuerpos desnudos se encontraran.

Mitch comprendió que no era el único que estaba increíblemente excitado, así que la dejó ocuparse de su camisa y de su cinturón mientras se ocupaba de subirle la falda vaquera hasta la cintura.

Dio gracias al cielo cuando vio que no llevaba medias sino solamente unas braguitas que no tardó en deslizar por sus piernas.

Para entonces, Emma había logrado desabrocharle la hebilla del cinturón y se estaba ocupando de la cremallera de los vaqueros. Mitch no dudó en ayudarla.

En cuanto su erección estuvo libre, tomó aire y la miró a los ojos. Emma también lo estaba mirando. Mitch vio que tenía la respiración entrecortada y una expresión de impaciencia en el rostro.

Sintió que, tal vez, debería decir algo. Por ejemplo, que estaba muy guapa o que la quería mucho, pero no se le ocurría nada que no sonara falso, así que prefirió callar. Decidió que era mejor no intentar sonar romántico ni caballeroso y se limitó a besarla.

Emma también lo besó y le pasó los dedos por el pelo. Sin dejar de besarla, la tumbó sobre el asiento de la furgoneta y se arrodilló entre sus piernas. Con un leve movimiento de su pantalón y de la falda de Emma, se encontró dentro de ella.

Su cuerpo lo recibió húmedo y Mitch se sintió en el paraíso, dejando escapar un gemido de placer y apoyando su frente contra la de ella para intentar recuperarse.

–¿Estás bien? –le preguntó.

A continuación, sintió que Emma asentía y que apretaba los músculos internos de su vagina alrededor de su erección para animarlo a que siguiera adelante.

Qué dulce agonía.

Aquella mujer era increíble, abierta y deseosa, fluida y graciosa, pero a la misma vez salvaje y desinhibida.

Tenerla entre sus brazos era como sentir una corriente eléctrica por todo el cuerpo. No había vuelto a acostarse con una mujer desde que había descubierto la infidelidad de Suzanne, así que no le extrañaba que estuviera deseoso de que una mujer lo acariciara.

Podría haber seguido adelante con su celibato, pero, ahora que había probado el cuerpo de Emma, no podía parar de besarla y de acariciarla. La quería desnuda y a su lado, gimiendo y disfrutando las veinticuatro horas del día.

La gente podría pensar que, dado que llevaba tanto tiempo sin estar con una mujer, cualquier mujer le habría servido, pero algo le decía a Mitch que no era cierto. Una parte de él sabía que si no hubiera roto el celibato con Emma, tal vez, no lo habría roto con nadie.

En los cuatro años que llevaba divorciado, ninguna mujer lo había tentado lo suficiente como para romper el celibato.

Hasta que Emma había compartido con él una sesión de sexo maravilloso en el establo.

Y ahora estaba de nuevo bajo él, dejando que la tomara.

Nada más nada menos que en el coche.

Mitch se dijo que debería parar, disculparse y llevarla a casa o, por lo menos, llevarla a algún lugar decente donde terminar lo que habían empezado, a su casa o a un hotel, a algún lugar con una cama y sábanas limpias, pero ya era demasiado tarde, así que Mitch le separó las piernas y se introdujo en su cuerpo por completo.

Emma no podía pensar y apenas podía respirar sintiendo el peso de Mitch sobre su cuerpo. Su calor, su intensidad, sentirlo dentro de ella era desbordante.

Quería que se moviera, quería que le diera lo que necesitaba antes de que la urgencia por llegar al orgasmo se le antojara insoportable.

–Mitch, por favor –suplicó.

Cuando Mitch comenzó a moverse, Emma suspiró aliviada. En aquella ocasión, no hubo caricias añadidas y Emma no las necesitaba. Lo único que quería era que se moviera.

Excitado, rápido, ahora.

Mitch aumentó el ritmo de sus movimientos, penetrando en su cuerpo cada vez con más fuerza hasta que Emma sintió que se le nublaba la vista y le pareció que estallaban cohetes por todas partes.

Se mordió el labio inferior para no gritar, pero acabó gritando cuando el orgasmo se apoderó de ella y una gigante oleada de sensaciones la llenó por completo.

Mitch se introdujo en su cuerpo un par de veces más antes de gritar y dejarse caer sobre ella. Emma oía su respiración entrecortada y sentía el latido de su corazón contra su pecho.

Pasaron varios minutos hasta que ambos fue capaces de moverse. Mitch se apartó a regañadientes, ayudó a Emma a sentarse y le puso bien la ropa. A continuación, se quedaron sentados uno frente al otro.

–Madre mía, la que acabamos de montar –comentó Emma tras un breve silencio.

El parabrisas y las ventanas estaban empañados por la condensación y no veían el exterior.

–Desde luego –rió Mitch–. ¿Tienes hambre? –añadió poniéndose el sombrero.

–Sí, tengo un hombre que me muero –contestó Emma sinceramente.

Mitch limpió el parabrisas con la mano, puso el motor en marcha y diez minutos después estaban sentados en la cafetería de Rosie.

El local estaba abierto hasta las diez, pero por la noche no solía haber mucha gente, así que solamente estaban una camarera y la cocinera trabajando y Mitch y Emma eran los únicos clientes.

Se sentaron a una mesa en la parte de atrás del restaurante y pidieron té helado y dos platos especiales, a saber, espaguetis con salsa boloñesa y pan de ajo.

Cuando les llevaron la cena, disfrutaron de la pasta y de la salsa mientras charlaban encantados.

–¿Qué tal está tu familia? –le preguntó Emma.

–Muy bien. Mis padres están ocupados con el rancho y yo los ayudo lo que puedo.

–¿Y Chase?

El hermano pequeño de Mitch era cuatro años más joven que él, pero tan guapo y tan encantador. A pesar de que se había criado rodeado de caballos y de vacas y de que conocía los quehaceres del rancho tan bien como Mitch, su interés se había decantado por el mundo de los negocios y actualmente se dedicaba a comprar empresas con problemas para sacarlas a flote y darles una segunda oportunidad o para venderlas y sacarles algún beneficio. Por lo que Emma había oído, le iba bastante bien.

–Muy bien. Ya sabes cómo es, trabajando mucho. Por lo que sea, últimamente va mucho por Chicago, pero creo que va a venir por casa muy pronto.

Emma asintió y se limpió la boca antes de darle un trago al té.

–Quiero que sepas que lo que ha sucedido esta noche... bueno, que yo no tenía planeado que sucediera –dijo Mitch–. No quería tocarte, pasara lo que pasara, sólo quería salir contigo y pasármelo bien.

–Yo me lo he pasado muy bien –contestó Emma dando buena cuenta de sus espaguetis.

Aquellas palabras hicieron que Mitch la mirara con los ojos como platos y la boca abierta, pero la reacción duró apenas unos segundos porque, cuando se dio cuenta, volvió a colocarse la máscara de tenerlo todo bajo control.

Lo cierto era que Mitch Ramsey era el hombre más serio que Emma conocía. Siempre había sido serio, pero no tanto. Por eso, precisamente, le parecía que decirle cosas que lo dejaban anonadado era sumamente divertido.

–Relajate, Mitch –rió Emma–. Por favor, te estás comportando como si me hubieras llevado al infierno. Ha sido sexo, sexo del bueno. Me gustaría que dejaras de disculparte porque me estás empezando a acomplejar.

Emma se quedó mirándolo y se dio cuenta de que Mitch estaba pensando intensamente.

–¿Qué sugieres que hagamos? ¿Te parece bien que sigamos compartiendo sesiones de sexo increíblemente bueno y que nos veamos a ver qué pasa?

–Sí, me parece una buena idea –contestó Emma sintiendo que se le humedecía la entrepierna.

En aquella ocasión, Mitch se molestó en intentar controlar su reacción.

–¿Te has vuelto loca? ¿Cómo te puedes tomar esto tan a la ligera?

–¿Y cómo es posible que tú te lo tomes tan a la tremenda? Nos conocemos de toda la vida. Si hay dos personas sobre la faz de la tierra que deberían estar cómodas en cualquier situación, somos tú y yo. No sé tú, pero yo me lo estoy pasando muy bien. El sexo entre nosotros es maravilloso, muy satisfactorio, y a mí me gusta estar contigo. Hacía mucho tiempo que no estábamos tanto tiempo juntos, desde antes de que te casaras con Suzanne.

En cuanto hubo pronunciado aquel nombre, Emma deseó retirar las palabras porque Mitch dejó de sonreír y se le ensombrecieron los ojos.

–Perdón –murmuró Emma.

Tras un par de minutos jugueteando con la comida, tomó aire y volvió a mirarlo a los ojos.

–Yo lo único que digo es que te he echado de menos y que, si hubiera sabido que nos iba a ir tan bien en la cama, te habría seducido del colegio.

Mitch la miró y enarcó una ceja.

–¿Ah, sí?

–Sí, desde luego –contestó Emma–. A ti o a Chase. Os parecéis tanto que seguro que tenéis el mismo talento en la cama.

Mitch arrugó tan profundamente el ceño ante aquellas palabras que Emma estuvo a punto de estallar en carcajadas.

«No le digas nunca al hombre con el que te estás acostando que podrías encontrar a otro capaz de satisfacerte exactamente igual que él. Sobre todo, si son familia», se dijo Emma.

–Mira, fuiste tú el que propusiste que saliéramos durante un tiempo para ver qué pasaba, ¿no? ¿Porqué no podemos seguir haciéndolo?

–Porque cada vez que quedamos terminamos... terminamos... como dos monos excitados.

¿Monos excitados? A Emma no le gustó mucho la comparación.

–A la mayoría de los hombres les encantaría que todas sus citas terminaran así.

–¿Ah, sí? Pues debe de ser que yo no soy como la mayoría –contestó Mitch.

Eso era cierto. Para lo bueno y para lo malo, Mitch no era como los demás hombres.

–¿Me estás diciendo que ya no quieres acostarte conmigo? –le preguntó Emma sintiendo que el corazón le latía aceleradamente.

–Yo no he dicho eso –contestó Mitch apretando la mandíbula.

Emma rezó para que su rostro no reflejara su inmenso alivio.

–¿Ya no quieres que volvamos a salir?

–Tampoco he dicho eso.

–Entonces, ¿me dejas que te haga una sugerencia?

Emma se dijo que, tal vez, insistir para que le diera una respuesta clara podía desembocar en una contestación que no le gustara, pero lo que tampoco quería era tener la impresión de que Mitch se sentía culpable siempre que se acostaba con ella, así que tenía que arriesgarse.

–Dime –contestó Mitch.

–Te propongo que volvamos a tu plan original. Salgamos y divirtámonos. Si nos apetece acostarnos, nos acostamos, pero sin sentirnos presionados ni culpables –le dijo Emma sinceramente–. Ni tú ni yo. Así, veremos adónde nos lleva la relación, lo que tú me propusiste.

–Así que me echas mis propias palabras en cara, ¿eh? De ahora en adelante, voy a tener que tener más cuidado con lo que digo en tu presencia.

Emma sonrió pues parecía obvio que Mitch no le iba a decir que prefería que volvieran a ser única y exclusivamente amigos y vecinos.

–Sí, me parece que vas a tener que tener más cuidado.

Mitch sonrió y apartó el plato vacío que tenía ante sí para agarrarle la mano.

–¿Qué te apetece que hagamos la próxima vez?

–Me apetecería ir al cine –contestó Emma–. Por supuesto, después de la película, quiero sexo salvaje del bueno.

En aquella ocasión, Mitch no la miró con los ojos como platos ni se quedó con la boca abierta.

–¿Qué tal te va el sábado? ¿A eso de las ocho?

Capítulo Cinco

Mitch apartó su plato y tomó aire, lo que le hizo tener la sensación de que le apretaban la cinturilla del pantalón. De nuevo, había vuelto a comer demasiado, lo que era culpa de Emma por ser tan buena cocinera.

Llevaban tres semanas saliendo juntos y aquélla era la tercera vez que Mitch se quedaba a cenar en su casa, algo que se estaba convirtiendo en una costumbre semanal.

Aunque al principio se había mostrado nervioso por tener que sentarse frente a su padre, preguntandose si iba a saltar en cualquier momento sobre él para castrarlo, ahora estaba empezando a disfrutar de las veladas en casa de los Davis.

Emma cocinaba de maravilla, y además, se esforzaba en hacer sus platos favoritos cuando él iba a cenar, algo que a Mitch no le había pasado desapercibido.

–¿Quieres más? –le preguntó Emma poniéndose en pie para recoger los cuencos del puré de patata y de las judías verdes.

–No, gracias, ya no puedo más –contestó Mitch acariciandose la tripa y sonriendo satisfecho.

–Mi hija cocina muy bien, ¿verdad? –intervino Wyatt–. Como su madre.

–Desde luego –contestó Mitch–. Hacía mucho tiempo que no comía tan bien.

Era cierto que él solía comer comida preparada que calentaba en el microondas o sobras que su madre le hacía llegar cuando estaba preocupada por si no comía bien.

–No se lo digas a mi madre, ¿eh?

–No te preocupes, tu secreto está a salvo conmigo –contestó el padre de Emma chasqueando con la lengua.

A continuación, se giró hacia Emma, que estaba guardando lo que había sobrado de la cena en pequeñas fiambreras y metiéndolas en la nevera.

–Emma, ¿te importa que Mitch y yo salgamos un momento al porche a hablar y ahora pasamos a ayudarte?

Mitch se sorprendió ante las palabras del padre de Emma, pero, viendo que su expresión era amistosa, no creyó que lo fuera a llevar al establo para pegarle un tiro.

–Sí, claro podéis iros tranquilamente –contestó Emma–. Pero nada de fumar, ¿eh, papá? Te lo digo en serio. Por favor, Mitch, no lo dejes fumar.

Wyatt se giró hacia Mitch y le guiñó el ojo.

–Desde luego, esta casa está cada día más aburrida –comentó fingiendo que estaba enfadado.

Mitch no estaba en absoluto de acuerdo. Considerando la gran cantidad de veces en las últimas semanas que Emma y él se habían escapado al establo y a su habitación cuando su padre no estaba, a Mitch aquella casa le parecía de lo más divertida.

En cualquier caso, no le parecía que fuera una buena idea hacérselo saber al padre de Emma porque, precisamente, estaba intentando que no se enterara de que se estaba acostando con su hija.

Mitch se puso en pie y siguió Wyatt al porche. El padre de Emma se sentó en una mecedora de madera situada junto a la puerta de la cocina y se sacó un cigarrillo del bolsillo. A continuación, lo olió, suspiró y se lo guardó de nuevo.

–Normalmente, sólo doy un par de palabras después de la cena, pero mi hija se preocupa mucho, así que muchas noches lo único que hago es olerlo.

Mitch se colocó frente a él y se apoyó en la barandilla del porche, cruzó los pies a la altura del tobillo y se quedó mirándolo.

–Querías que habláramos, ¿no? –le preguntó al padre de Emma al cabo de unos minutos en silencio.

–Sí, así es –contestó Wyatt poniéndose en pie y acercándose a Mitch–. Emma es todo lo que tengo, ¿lo sabes, verdad?

–Por supuesto.

–Me preocupo por ella tanto como ella se preocupa por mí.

–Por supuesto –repitió Mitch sin saber muy bien hacia dónde iba aquella conversación.

–Sobre todo, me preocupa qué será de ella cuando yo no esté.

–¿Qué ocurre? ¿Estás enfermo?–le preguntó Mitch preocupado.

–No, estoy sano como un toro, según el médico, pero me voy haciendo mayor y me puede pasar cualquier cosa. Nadie sabe cuándo va a morir y, cuando llegue mi hora, me gustaría que mi hija estuviera a buen recaudo.

–Lo entiendo perfectamente.

–Por eso quería hablar contigo.

–¿Cómo? –dijo Mitch enarcando una ceja.

–Quiero hacerte una propuesta –contestó Wyatt–. Emma es la única hija que tengo y, aunque pueda sonar machista, no tengo varones a los que dejar mi rancho. A mi hija le encanta este lugar y se le dan muy bien los quehaceres del rancho, pero sé que no querrá hacerse cargo de él cuando yo no esté.

Mitch asintió.

–Nuestras familias siempre se han llevado bien, Emma y tú habéis crecido juntos y nuestras tierras son colindantes, así que voy a ir directamente al grano. Mitch, me gustaría que te casaras con mi hija.

Mitch se quedó mirándolo con los ojos como platos, sin saber qué decir y con la impresión de que el corazón se le había parado.

–Sí, ya sé que es una petición un tanto extraña –continuó el padre de Emma–. Sin embargo, os he estado observando estas últimas semanas. Emma está feliz y a mí me hace muy feliz ver que vais en serio. Te diré que a tus padres y a mí siempre nos hizo ilusión pensar que algún día terminarías juntos. Jamás hemos querido presionaros, pero han sido muchas las noches en las que hemos hablado de este tema mientras jugábamos a las cartas.

Mitch no tenía ni idea de todo aquello. Aunque era cierto que sus familias siempre se habían llevado muy bien y que Chase, Emma y él habían crecido juntos, nunca se le había ocurrido que ni él ni su hermano pudieran estar interesados en ella.

Por supuesto, no porque hubiera nada de malo con Emma. Al contrario, se trataba de una chica maravillosa y guapa, pero siempre la había tenido casi como una hermana. Mitch se dijo que la próxima vez que viera a su hermano le tenía que preguntar si a él sí se le había pasado por la cabeza tener algo con ella.

–Supongo que necesitas tiempo para pensártelo, pero quiero que sepas que me haría mucha ilusión poder dejarte mi rancho si fueras mi yerno porque sé que lo cuidarías bien. Eres un hombre responsable, honesto y bueno. Si te casas con mi hija y te ocupas del rancho, yo me iré tranquilo sabiendo que dejo todo en buenas manos.

Mitch se rascó la barbilla, preguntándose si no estaría teniendo una alucinación. Todo aquello no tenía sentido. No podía ser que en pleno siglo XXI un padre quisiera hacer un matrimonio de conveniencia para su hija.

Aun así, comprendía perfectamente a Wyatt y el amor y la preocupación que había detrás de la oferta que le acababa de hacer. El rancho Double D llevaba siendo de su familia muchas generaciones, Wyatt había vivido allí toda su vida y amaba aquella tierra.

Mitch entendía perfectamente que aquel hombre quisiera dejar el rancho en buenas manos cuando se fuera y, por supuesto, entendía también que quisiera que su hija estuviera bien.

Aunque a muchos les pudiera sonar machista, lo cierto era que Wyatt sólo quería lo mejor para su hija y para su rancho.

Eso no quería decir que Mitch fuera a aceptar, por supuesto. Después de divorciarse de Suzanne, se había jurado a sí mismo que jamás volvería a dejarse atrapar. Aunque Emma y él se hubieran acostado unas cuantas veces últimamente, no tenía ninguna intención de caer de nuevo en la misma trampa.

–Lo siento mucho, pero...

–No hace falta que me des una contestación ahora mismo –lo interrumpió Wyatt–. Tómate tu tiempo, piensatelo bien. Sé que lo que te propongo es muy importante y no quiero que te precipites. Quiero que estés completamente seguro porque mi hija se merece lo mejor y tú también –añadió dándole una palmada en la espalda y dirigiéndose a la puerta de la cocina–. En cualquier caso, quiero que sepas que lo consideraría un favor personal hacia mí. No se me ocurre nadie mejor que tú para ocuparse de mi rancho y cuidar de mi hija cuando yo ya no esté.

Sacudiendo la cabeza atónito, Mitch siguió a Wyatt al interior de la casa y, nada más hacerlo, percibió el delicioso aroma del café recién hecho. Emma había colocado una fuente de galletas caseras en el centro de la mesa y estaba sirviendo tres tazas.

Desde luego, Emma se había esmerado por agradarle y Mitch sintió que el corazón se le encogía. Lo cierto era que, a lo mejor, Emma era una esposa maravillosa. No, a lo mejor, no, seguro.

Mientras escuchaba a medias la conversación que Emma mantenía con su padre, Mitch se imaginó ante un sacerdote de nuevo y sintió que el miedo se apoderaba de él, pero se dijo que Emma no tenía nada que ver con Suzanne.

Emma tendría la casa bien atendida, lo estaría esperando con una cena maravillosa y caliente todas las noches y todas las noches compartirían todavía más calor bajo las sábanas. Emma era una mujer que reía sin parar y que lo hacía reír a él.

Desde luego, el conjunto era de lo más apetecible. Y él podía ser un esposo bueno para ella sin implicarse demasiado emocionalmente. Sí, Mitch estaba seguro de que podría vivir con ella, casarse con ella y hacerla feliz sin arriesgar el corazón.

Su única preocupación era que Emma no pudiera hacer lo mismo. Las mujeres eran diferentes, más sensibles. ¿Qué ocurriría si Emma desarrollara sentimientos por él que él no pudiera devolver? ¿Qué ocurriría si se hiciera demasiadas ilusiones y terminara sufriendo?

Sin embargo, parecía que Emma había entendido perfectamente sus recelos porque sabía su situación con Suzanne y, en todo el tiempo que llevaban saliendo y acostándose, jamás le había pedido más de lo que quisiera darle.

Nunca le había pedido que le hablara de su ex mujer ni que compartiera con ella su dolor para analizarlo e intentar ayudarlo. Emma se limitaba a aceptar su relación y a él tal y como eran.

Si fuera capaz de aceptar un matrimonio exactamente igual, tendrían opción de construir una vida juntos y darle gusto a su padre al mismo tiempo. Además, si aceptaba la oferta de Wyatt, sus padres dejarían de presionarlo para que se sobrepusiera a la traición de Suzanne, para que siguiera adelante con su vida y encontrara a otra mujer con la que ser feliz.

Al darse cuenta de lo que estaba considerando, le subió la temperatura corporal y, al mismo tiempo, sintió cómo un sudor helado le resbalaba por la espalda.

De repente, se dio cuenta de que Emma y Wyatt la miraban y se percató de que se había ido completamente de la conversación.

–Perdón, estaba pensando en mis cosas –se disculpó.

–No pasa nada –sonrió Emma poniéndose en pie y llevando las tazas al fregadero.

Al observarla, Mitch se maravilló ante la gracia de sus movimientos, sus piernas largas y fuertes y su trasero redondeado.

Al instante, sintió una presión conocida en la entrepierna y una sensación cálida, como mantequilla derretida, por las venas.

–¿Quieres que demos un paseo, Emma? –le preguntó poniéndose en pie.

–Sí, claro –contestó ella–. Papá, ¿te importa quedarte solo?

–No, hija, claro que no. Ya me ocupo yo de fregar esto.

–Muy bien –contestó Emma yendo hacia la puerta.

Mitch se la abrió y, mientras ella salía, se giró hacia su padre.

–Me lo he pensado y he decidido aceptar tu oferta –le dijo en voz baja para que su hija no se enterara.

A continuación, salió y cerró la puerta tras él, dejando a Wyatt Davis sonriendo satisfecho.

Emma se giró hacia Mitch, que estaba bajando los escalones del porche. Sin mediar palabra, la agarró de la mano y comenzaron a andar.

–¿Adónde vamos? –le preguntó Emma.

–A ningún sitio en especial, simplemente me apetecía hablar contigo a solas.

–¿Sólo hablar? –sonrió Emma.

–Sí, sólo hablar –contestó Mitch.

Lo había dicho en un tono tan serio que Emma sintió que el miedo se apoderaba de ella. Ya está, iba a romper su relación. Emma se dijo que no debería estar sorprendida, que sabía que, tarde temprano, aquello tenía que suceder.

Aun así, sintió que el corazón se le encogía de dolor.

«No, por favor, que dure un poquito más, lo único que quiero es un poco más de tiempo para poder estar con él, para amarlo y para fingir que él también me ama», rezó.

Emma tomó aire e intentó mantener la calma, diciéndose que aquello era inevitable y que, probablemente, era lo mejor. Era una mujer hecha y derecha y tenía que poder manejar aquella situación con soltura.

Por supuesto, lo iba a echar de menos, pero podrían seguir siendo amigos. En lugar de salir como una pareja, se encontrarían en la calle y charlarían un rato. En lugar de hacer el amor, se sonreirían y fingirían que nunca se habían visto desnudos, que nunca se habían hecho gritar el uno al otro de éxtasis.

De repente, Emma se dio cuenta de que Mitch la apretaba el brazo. Habían dejado de andar, estaban en algún lugar entre los árboles de detrás de su casa.

–¿De qué quieres que hablemos? –le preguntó tragando saliva y haciendo un gran esfuerzo para no llorar.

Mitch se apoyó en el tronco de un enorme álamo y la agarró de la mano, apretándola con su cuerpo, lo que hizo que Emma se preguntara para qué se molestaba en mostrarse cariñoso si la iba a dejar.

–De nuestro futuro –contestó Mitch.

Emma notó que el pulso le latía aceleradamente y que le sudaban las palmas de las manos de nerviosismo.

–¿Qué pasa con nuestro futuro?

–He estado pensando.

Sí, había estado pensando y había decidido que prefería un futuro sin ella.

–Estas últimas semanas... nos lo hemos pasado muy bien. Nos ha ido muy bien juntos.

Sí, era cierto que se lo habían pasado fenomenal, incluso a veces se lo habían pasado en grande, pero, por lo visto, aquello no contaba.

–He estado pensand…

Sí, eso ya lo había dicho.

–… que, tal vez, podríamos convertir nuestra relación en una relación permanente.

Por supuesto. Desde que Suzanne lo había dejado...

Emma se quedó de piedra y notó que el aire no le llegaba con fluidez a los pulmones. ¿Qué era lo que Mitch acababa de decir?

–¿Cómo has dicho? –le pregunto con voz trémula.

–Emma –contestó Mitch mirándola muy solemne a los ojos–, ¿te quieres casar conmigo?

Capítulo Seis

Emma sabía que había momentos en los que la gente se quedaba sin palabras, pero a ella nunca le había sucedido hasta aquel instante. Notaba que la cabeza le daba vueltas tan rápido que temía desmayarse y, aunque los pulmones le quemaban por la falta de aire, no era capaz de inhalar.

Mitch le acababa de pedir que se casara con él. Mitch. Se lo acababa de pedir a ella. Le acababa de pedir que se casara con él.

–Pero...

–Aunque no sea por amor –la interrumpió Mitch agarrándola de los hombros–. Aunque no nos queramos, nos llevamos bien y yo creo que nuestro matrimonio podría funcionar. Nos llevamos bien. Desde luego, en la cama nos va fenomenal y te prometo que siempre te cuidaré. Puedes confiar en mí.

En un abrir y cerrar de ojos, Emma pasó del éxtasis más maravilloso a sentirse como si le hubiera dado una bofetada. Ella que había creído que, por fin, Mitch se había enamorado de ella, tuvo que soportar oír que no la amaba y que veía su matrimonio como una unión conveniente para ambos.

Su primer impulso fue decirle que aquella oferta era lo más repugnante que le habían dicho en la vida, pero, a continuación, pensó en el valor que había tenido que reunir Mitch para hacérsela.

Emma era consciente de lo mucho que Mitch había sufrido por la traición de su primera esposa, así que dar aquel paso y pedirle que se casara con él, aunque para ella no fuera la propuesta de amor soñada, era increíble.

Además, ella llevaba enamorada de él toda la vida y aquélla era su oportunidad de estar a su lado.

Aunque Mitch no la quisiera en aquellos momentos, tal vez, algún día lo haría. La gente cambiaba y la mayoría de las personas acababan curandose después de una ruptura dolorosa.

Si se casara con él, tendría la oportunidad todos los días de borrar el dolor que Suzanne le había causado y llenar su corazón de su presencia. No todas las mujeres eran como su ex esposa y ahora tenía ante sí la oportunidad de demostrárselo.

Lo cierto era que Emma quería estar a su lado cuando su corazón sanara por fin y se dijo que por aquella causa era capaz de embarcarse durante un par de años en un matrimonio sin amor.

Emma supo que estaba haciendo lo correcto.

–Sí, me quiero casar contigo –contestó abrazándolo de la cintura y besándolo.

Al instante, le pareció que Mitch temblaba.

–Muy bien –dijo él sin embargo en tono serio–. Vamos a casa a contárselo a tu padre.

–Espera un momento. ¿No quieres celebrarlo? –contestó Emma apretándose contra su cuerpo.

–Sí, claro que quiero celebrarlo –contestó Mitch besándola.

Sin embargo, fue un beso rápido y, a continuación, la agarró de la mano y la llevó hacia su casa.

Aquella reacción hizo reír a Emma y se dijo, mientras avanzaba con él por el camino del bosque, que su vida junto a Mitch iba resultar muy interesante.

Emma le dio un sorbo al vino, la segunda copa que se tomaba desde que había llegado hacía una hora a casa de los Ramsey, que estaba llena de amigos y familiares que la madre de Mitch había reunido para celebrar su compromiso.

Había flores y globos por todas partes y sobre la chimenea había un cartel en el que ponía:

¡Enhorabuena a Mitch y a Emma!.

Desde luego, estaba todo pensado al detalle, pero Emma se sentía intimidada. En cuanto Theresa Ramsey se había enterado de que se iban a casar, había insistido para que le permitieran organizarles una fiesta a la que había invitado a la mitad del pueblo.

Lo que había empezado siendo una reunión de vino tinto y música clásica se había convertido en una fiesta con canciones country y alcohol a diestro y siniestro.

Lo que resultaba una verdadera ironía porque

aquel entusiasmo de sus padres y los planes de su madre habían hecho que Mitch se apagara. Desde la misma noche en la que se lo había propuesto, ella había dicho que sí y se lo habían contado a sus respectivas familias, no había vuelto a mostrar ningún interés ni en el compromiso ni en la boda.

Había aceptado a regañadientes la fiesta de su madre y le había hecho Emma que hiciera lo que quisiera con la ceremonia y la celebración. Le había dejado a ella que eligiera la fecha y que se encargara de todos los preparativos.

Emma entendía perfectamente que no quisiera involucrarse demasiado porque a los hombres no les solía gustar tener que elegir flores ni colores y consideraban que eso era cosa de mujeres.

Sin embargo, esperaba que la hubiera ayudado a elegir cosas como el lugar de la ceremonia, la iglesia o el jardín de sus padres, o que tal vez hubiera hecho alguna sugerencia sobre la lista de invitados. Sin embargo, Mitch se había lavado las manos y la había dejado completamente sola.

Aquella noche habían llegado juntos a casa de sus padres, tal y como les había indicado su madre, ya que Theresa tenía todo planeado para que todos los invitados llegaran antes que los protagonistas de la velada y, cuando Mitch y Emma habían hecho su entrada triunfal, todo el mundo había gritado y aplaudido con entusiasmo.

Desde entonces, no había vuelto a ver a Mitch.

Emma tragó saliva y se obligó a sonreír a un caballero que le había contado una historia supuestamente graciosa de la que Emma no había escuchado ni una sola palabra.

«Mitch es así», se dijo.

Se había repetido una y otra vez que el hombre con el que se iba a casar era una persona muy introvertida a la que no le gustaba estar con mucha gente, a la que no le gustaban las fiestas y, sobre todo, a la que no le gustaba ser el protagonista de nada.

Además, ya había estado casado antes. Se había casado suponiendo que iba a ser para toda la vida y Emma suponía que pasar por todo esto de nuevo no debía de resultar fácil para él.

Probablemente, estuviera agobiado por los recuerdos dolorosos, pero debía darle una oportunidad para que ella pudiera demostrarle que la infidelidad de su ex mujer no se iba a repetir y que con ella podía ser feliz.

Lo cierto era que, aunque amaba apasionadamente a Mitch, aunque quería desesperadamente convertirse en su esposa, tener un prometido que la trataba con frialdad y que se mostraba indiferente ante los preparativos de su propia boda era suficiente para hacerla dudar.

De repente, le pareció que la habitación en la que estaba era demasiado pequeña y sintió claustrofobia, comenzó a faltarle el aire y decidió salir a calmarse.

Sonriendo a todo el mundo con el que se encontraba, se abrió camino hasta la cocina y salió al exterior.

Una vez a solas, se agarró con fuerza a la barandilla del porche y se quedó mirando los maravillosos colores del atardecer.

–Ahí dentro hay mucha gente, ¿verdad? –dijo una voz a sus espaldas.

Emma dio un respingo y, al girarse, se encontró con Chase.

–Hola –lo saludó confundida–. No sabía que habías venido. Mitch me había dicho que estabas en Chicago.

–Sí, pero no me podía perder la fiesta de compromiso de mi hermano y de mi vecina favorita –contestó Chase sonriendo y acercándose a ella para besarla con cariño en la mejilla–. ¿Qué tal estás?

–Bien –contestó Emma apartando la mirada–. ¿Y tú?

–Vaya, me sorprende tu contestación. Se supone que te vas a casar, que deberías está radiante. Deberías estar muy emocionada.

–Estoy muy emocionada –dijo Emma en tono lacónico.

–Si estás emocionada así, no me gustaría verte deprimida –sonrió el hermano de Mitch–. Venga, a mí no puedes engañar, Emma. ¿Qué te pasa?

–Nada –mintió Emma intentando sonreír.

–Emma...

Le estaba hablando con tanto cariño y su mirada era tan amable que Emma se abrazó a él y se puso a llorar desesperadamente.

Chase dejó que se desahogara a gusto, abrazándola y acariciándole la espalda y, cuando por fin Emma decidió que se había desahogado, le dio un pañuelo para que se secara las lágrimas.

–Gracias –le dijo Emma.

–¿Qué te pasa?

–No debería contártelo porque es tu hermano. Debe de ser que estoy muy nerviosa por la boda.

–Obviamente, mi hermano ha hecho algo.

–Más bien, todo lo contrario –contestó Emma jugando nerviosa con el pañuelo–. Desde que me pidió que me casara con él, no ha hecho absolutamente nada. Es como si no quisiera casarse. No está interesado en absoluto en los preparativos de la ceremonia ni en nuestro futuro ni en esta fiesta que tu madre ha organizado con toda su ilusión –le explicó Emma–. Yo creía que estar comprometida con él, que casarme con tu hermano me iba a hacer feliz, pero ahora preferiría que hubiéramos seguido acostándonos simplemente.

Chase la miró con los ojos como platos, pero Emma ignoró su reacción. Por lo visto, Mitch no era el único que creía que era una virgen inocente.

–Mira, lo que pasa es que mi hermano es tonto. El primer error que cometió fue casarse con Suzanne cuando era obvio que aquello iba a ser un desastre. Su segundo error fue lamentarse tanto cuando lo abandonó y el tercer error... –la consoló Chase apartándole un rizo de la cara y sonriendo con cariño–. Su tercer error, el peor de todos, es hacerte llorar a ti cuando debería estar abrazándote y diciéndote lo mucho que te quiere.

Al oír aquellas palabras, Emma se emocionó y

volvió a llorar de nuevo, así que Chase la tomó otra vez entre sus brazos.

–Shh, no pasa nada –le dijo–. Mitch no quiere hacerte daño, pero está muy confundido. Ya sabes lo mal que lo pasó después de lo de la infidelidad de Suzanne. No sabe lo que quiere.

Emma entendía perfectamente aquellas palabras, pero eso no significaba que hicieran que se sintiera mejor. El miedo a estar comprometida con un hombre que no se quería casar con ella la llenaba de amargura.

En ese momento, oyó que una puerta se abría a sus espaldas y se apresuró a apartarse de Chase y a limpiarse las lágrimas porque no quería que ningún invitado la viera así, pero, cuando se giró, comprobó que no era un invitado sino Mitch, que la estaba mirando muy enfadado.

–Bueno, supongo que es mejor que me haya enterado antes de la boda. Hubiera sido muy estúpido por mi parte haberme casado de nuevo con otra mentirosa –comentó con lengua viperina.

–Espera un momento... –dijo Chase.

–Y con mi propio hermano –continuó Mitch.

–Mitch... –intervino Emma– no es lo que tú piensas –añadió dando un paso al frente y alargando el brazo para ponerle la mano en el pecho, pero Mitch dio un paso atrás y la miró con desprecio.

–Nunca lo es –contestó con desdén.

–Ten cuidado con lo que dices, Mitch –murmuró Chase detrás de Emma–. Si tengo que partirte la cara en tu fiesta de compromiso, te la parto.

Mitch dio un paso al frente con actitud amenazante y miró a su hermano con furia.

–Sí, y si tienes que liarte con mi prometida también te lías con ella, ¿no?

–Ya basta –intervino Emma–. Chase, muchas gracias por tu ayuda, pero creo que tengo que hablar con tu hermano a solas.

–¿Estás segura? –contestó Chase mirándola a los ojos y relajándose.

–Sí, estoy segura.

–Muy bien. Estaré dentro. Si me necesitas, grita.

Emma asintió, pero no dijo nada, sabiendo que, si decía algo, Mitch se lo tomaría como una señal inequívoca de que lo estaba engañando con su hermano.

Chase avanzó hasta la puerta y, una vez allí, se giró hacia su hermano.

–Si le haces daño, haré que te arrepientas –lo avisó antes de entrar.

–Demasiado tarde –murmuró Mitch aunque su hermano ya no lo oía–. Ya me arrepiento.

Emma sintió que el corazón se le encogía ante lo que implicaban aquellas palabras, pero se obligó a levantar el mentón en actitud digna.

–Mitch, lo que has visto... Chase me estaba consolando porque estaba disgustada. Esto no era una reunión clandestina. Yo no soy Suzanne –le explicó con vehemencia–. Yo jamás te traicionaría y tu hermano tampoco.

–Yo sólo sé lo que he visto – insistió Mitch.

–Lo que has visto es a tu prometida llorando sobre el hombro de tu hermano. Sólo eso.

Sin embargo, sabía que sus palabras caían en oídos sordos. Dijera lo que dijera, Mitch no la iba a creer. Pensaba lo peor porque una vez lo habían engañado y todavía no había superado la experiencia.

Por mucho que dijera o hiciera, Mitch jamás la creería. Emma sintió un profundo dolor en el corazón al darse cuenta de que no podía casarse con él, de que no podía mantener una relación con él cuando era obvio que Mitch jamás confiaría en ella.

Su reacción ante una conversación inocente con su hermano era suficiente para tenerlo claro. Emma no quería estar con un hombre que automáticamente iba a pensar lo peor de ella continuamente.

No podría vivir así, siempre observada, siempre vigilada, siempre bajo sospecha de acusación, así que tomó aire, cerró los ojos y rezó para no irse abajo delante de Mitch como le había sucedido con Chase.

–Mira, esto no va a funcionar –le dijo muy segura de sí misma a pesar de que por dentro temblaba de pies a cabeza–. Entre Chase y yo no hay nada y te estoy diciendo la verdad, pero nunca me creerás porque no has superado lo que te hizo Suzanne. Yo no me puedo casar con un hombre que no confía en mí –añadió apretando los puños para no alargar las manos hacia él y dar al traste con la decisión que había tomado de acabar con aquella relación–. Lo siento mucho, pero creo que es mejor que suspendamos la boda.

Mitch se quedó mirandola y apretó la mandíbula.

–Tienes razón. Nunca habría funcionado.

Dicho aquello, se giró y desapareció en la noche. Emma se quedó observándolo, consciente de que había tomado la decisión adecuada, pero desesperada ante ella.

Mitch era el único hombre al que había amado en la vida y ahora se daba cuenta de que también era el único hombre al que jamás podría tener.

Capítulo Siete

Emma se puso en pie apoyándose en el borde de la bañera y, débil y temblorosa, se acercó al lavabo para lavarse la boca y la cara con agua fría.

Era el cuarto día consecutivo que vomitaba y confiaba plenamente en encontrarse bien por la tarde, como los otros días.

Al principio, había creído que se había resfriado o que tenía la gripe. Luego, había pensado que, tal vez, el cansancio, los dolores de cabeza y las náuseas eran consecuencia de la tensión provocada por la ruptura con Mitch porque llevaba disgustada los ocho días que habían transcurrido desde entonces.

Aquella noche se había ido a casa justo después que él sin molestarse en dar explicaciones a nadie. Al llegar a casa, se había metido en la cama y se había puesto a llorar.

Si por ella fuera, seguiría allí, pero no quería preocupar a su padre, así que se obligaba a levantarse todos los días y a hacer vida normal.

Sin embargo, era consciente de que, tarde o temprano, iba a tener que contarle a todo el mundo que la boda se había suspendido. Aun así, todavía no podía hacerlo. Le dolía demasiado.

Por los comentarios de su padre y de los demás, por lo visto, nadie sabía nada de la ruptura. Mitch tampoco debía de haber dicho nada todavía.

En aquellos momentos, sin embargo, el asunto no le importaba demasiado porque tenía otros problemas más graves.

Iba con retraso.

Emma estaba empezando a sospechar que estaba embarazada.

Dos semanas de retrasos, náuseas matutinas, sueño y sensibilidad exacerbada... tenía muchas posibilidades de estarlo.

Solamente había una manera de salir de dudas, así que Emma tomó aire, salió del baño, agarró su cazadora y su bolso y se dirigió al coche.

Estaba llegando cuando su padre salió del establo y la saludó.

–Buenos días, dormilona. ¿Adónde vas?

–Buenos días, papá. Voy un momento al pueblo –contestó Emma metiéndose en el vehículo, cerrando la puerta y poniendo el motor en marcha.

–Muy bien, no tardes.

Emma negó con la cabeza y salió a tanta velocidad que los neumáticos rechinaron contra la grava del camino. Su padre debía de haberse quedado alucinado, preguntándose qué demonios le pasaba para comportarse así.

¿Cómo explicarle que se había quedado embarazada de un hombre con el que ya no se iba a casar?

Emma se rió de manera histérica y sintió que

se le saltaban las lágrimas. ¿Cómo se le había complicado tanto la vida en tan poco tiempo?

¿Qué haría si resultaba que, efectivamente, estaba embarazada?

Llegó al pueblo en tiempo récord y aparcó frente a la tienda. Intentando no correr, entró y se dirigió frente a las baldas en las que estaban los tests de embarazo. Tras elegir uno que aseguraba cien por cien de precisión se dirigió a pagar.

Sintió un gran alivio al ver que la persona que estaba cobrando era un adolescente al que no conocía de nada. Rezó para que él tampoco la conociera. De lo contrario, el pueblo entero sabría aquel mismo día que la hija de Wyatt Davis se había comprado una prueba de embarazo.

¡Lo que le faltaba!

El chico apenas apartó la mirada de la revista de coches que estaba leyendo, pasó la caja por el lector y le cobró. Emma salió de la tienda y se dirigió a la biblioteca. Seguro que a aquellas horas no habría nadie y podría ir al baño a hacerse la prueba sin despertar sospechas.

Al entrar, saludó a la señora Alderson con una sonrisa, todavía tuvo el nervio de pararse frente a la estantería de novedades para disimular y, por fin, se dirigió al baño. Tras leer las instrucciones varias veces, orinó en el palito y esperó.

Tras rezar, se sentó sobre el inodoro y abrió los ojos.

Menos mal que se había sentado porque allí, bien clarito, había un signo de más enorme.

En las instrucciones ponía bien claro que un más significaba que se estaba embarazada y un menos, que no.

Eso quería decir que estaba embarazada.

Emma sintió náuseas y tuvo que respirar varias veces muy profundamente. ¿Qué demonios iba a hacer?

Tras un buen rato allí sentada con la cabeza en blanco, recogió sus cosas y salió sigilosamente. Al pasar frente al mostrador de recepción, se despidió de la bibliotecaria y se dirigió a su coche.

Una vez al volante, puso rumbo a su casa aunque no tenía ninguna intención de contarle nada a su padre.

Se le pasó por la cabeza desaparecer, huir, irse a Europa, a Hawai o al otro extremo del estado de Texas, pero ¿de qué le serviría eso? Para empezar, no quería abandonar a su padre ni irse de su hogar y, además, no tenía dinero para empezar sola en algún lugar. En cualquier caso, jamás podría cambiar el hecho de que estaba embarazada de Mitch Ramsey.

Para llegar a su casa tenía que pasar por la entrada del rancho de Mitch y, al hacerlo, frenó en seco y decidió que no tenía por qué llevar ella sola todo aquello. Mitch había tenido tanto que ver como ella en la concepción de aquel bebé, así que debía responsabilizarse de su paternidad.

Nerviosa y con las palmas de las manos sudándole, avanzó por el camino que llevaba a casa de Mitch. Aquello era lo que menos le apetecía hacer en la vida. Sabía que tenía que hacerlo, pero hubiera preferido estar en cualquier otro lugar del mundo.

Tras aparcar el coche, se obligó a salir de él aunque le pesaban los pies como si fueran de plomo, subió los escalones del porche, se secó las manos en los vaqueros y llamó a la puerta.

Era casi la hora de comer, así que había muchas posibilidades de que estuviera en casa, pero, si no era así, estaba dispuesta a ir a buscarlo a las cuadras.

Iba a llamar otra vez cuando se abrió la puerta y se encontró cara a cara con Mitch.

–Emma.

Parecía sorprendido de verla.

–Tenemos que hablar –contestó Emma sin preámbulos ni saludos educados.

–¿De qué? –le preguntó Mitch con desinterés.

Emma metió la mano en el bolso y sacó el resultado del test.

–¿Qué es eso? –le preguntó Mitch.

–¿A ti qué te parece? –contestó Emma molesta.

–No sé. ¿Un termómetro de esos modernos?

–No, no es un termómetro. Ojalá lo fuera –contestó Emma poniendo los ojos en blanco.

Emma volvió a meter la mano en el bolso y en aquella ocasión sacó la caja entera de la prueba de embarazo y se la puso ante los ojos.

–¿Ves esto? Es un test de embarazo y ese signo que ves ahí, el más, quiere decir que ha salido positivo.

Mitch reaccionó por fin y la miró con incredulidad.

–¿Me estás diciendo que…?

–Que estoy embarazada.

Mitch se quedó mirando a Emma con cara de bobo, abrió la mosquitera y salió al porche.

–¿Estás embarazada? –repitió.

–Sí –contestó Emma mostrándole de nuevo el test.

–¿Cuándo…? ¿Cómo ha sucedido? –tartamudeó Mitch.

–Como suelen suceder estas cosas –le espetó Emma mirándolo con frialdad–. No sé exactamente qué día porque nos acostamos muchas veces antes de terminar nuestra relación. Por lo visto, no tomamos las suficientes medidas.

Mitch no contestó. Todavía no había asimilado que iba a ser padre.

Padre.

Jamás se le había pasado por la cabeza tener hijos. Él, que había creído que casarse con Emma resultaría fácil y sencillo, que iría sobre ruedas sin que él tuviera que preocuparse demasiado.

Había accedido a casarse con ella por hacerle un favor a su padre, pensando que el hecho de que se conocieran de toda la vida, de que fueran buenos amigos y de que el sexo entre ellos fuera estupendo, era más que suficiente para que su matrimonio funcionara.

Cuando pensaba en el futuro, se imaginaba compartiendo una casa con ella, compartiendo la cama con ella, trabajando la tierra juntos.

Sin embargo, jamás se había imaginado teniendo hijos con ella. No se había parado a pensar si a ella le hubiera gustado tenerlos. Posiblemente, sí. Aun así, él se habría opuesto.

La idea lo aterrorizaba.

Además, no le parecía justo porque tener hijos con Emma equivalía a dejar que se hiciera ilusiones, que creyera que su matrimonio era de verdad cuando él sabía que no era así.

Mitch se pasó los dedos por el pelo y tomó aire. Las palabras de Emma lo habían dejado helado. Por lo visto, el destino se estaba riendo de él. Aunque había accedido a casarse con ella, jamás había pensado en tener hijos, tal y como demostraba el hecho de que se hubiera cuidado mucho de poner medios anticonceptivos siempre que se habían acostado.

Excepto las dos primeras veces, claro…

Y ahora que lo habían dejado y que no se iban a casar resultaba que Emma estaba embarazada.

–Bueno, ¿es que no vas a decir nada? –le espetó Emma.

–¿Quieres pasar? No sé tú, pero yo necesito beber algo –contestó Mitch echándose a un lado para dejarla entrar.

Emma lo siguió hasta la cocina, donde se sentó mientras Mitch abría un armario y sacaba dos vasos.

–¿Qué quieres? Hay zumo de naranja, leche y té. No sé si el té te irá muy bien porque tiene teína.

Al girarse hacia Emma, la encontró mirándolo con el ceño fruncido y los brazos cruzados. Obviamente, estaba enfadada y Mitch lo entendía perfectamente porque, si estaba tan perdida como él, debía de estar enfadada, confusa y asustada.

Mitch le sirvió un vaso de leche y se sirvió otro de té con hielo para él. Antes de sentarse, abrió otro armario, sacó un botella de Jack Daniel's y se echó un chorrito en el té.

–Lo siento, supongo que a ti también te vendría bien, pero... Lo siento, pero lo necesito... –añadió dándole un buen trago al té.

A continuación, dejó el vaso de té frente a Emma, que no se molestó ni en tocarlo.

–¿No me vas a preguntar? –le dijo.

–¿Qué quieres que te pregunte?

–¿No quieres saber si eres el padre?

Aquellas palabras le cayeron a Mitch como un jarro de agua fría, pero se dijo que se las tenía bien merecidas después de cómo se había comportado en la fiesta.

No había tenido motivos para sospechar que lo estuviera engañando y, menos, con su hermano. Claro que tampoco había tenido motivos nunca para sospechar de Suzanne y resultó que había estado engañándolo casi desde el principio de su matrimonio.

Aquello de no haberse dado cuenta le había

dolido tanto que había decidido no volver a dejarse engañar jamás.

Sí, era cierto, le costaba confiar. Aun así, cuando Emma le había dicho que estaba embarazada, no se le había pasado ni por asomo por la cabeza que pudiera ser de otro hombre.

No sabía por qué. Suponía que el hecho de que una mujer lo hubiera engañado no quería decir que todas fueran iguales. El caso era que no creía que Emma se hubiera estado acostando con otro mientras estaba con él.

–No, no te lo voy a preguntar –contestó–. No me hace falta.

A lo mejor a Emma le parecía que aquella contestación no casaba con cómo se había comportado en la fiesta, pero no dijo nada. Aun así, Mitch se percató de que se relajaba y alargaba la mano para llevarse el vaso de leche a los labios.

Mitch aprovechó para dar él también otro trago a su extraña mezcla. Ojalá fuera whisky solo.

–¿Desde cuándo lo sabes? –le preguntó.

Emma miró la hora que era.

–Desde hace aproximadamente cuarenta minutos.

Mitch enarcó una ceja sorprendido.

–No me encontraba bien –le explicó Emma–. Llevo tres días vomitando y hoy he decidido que había llegado el momento de salir de dudas. Cuando volvía a casa, he pasado por la entrada de tu rancho y he pensado que debías saberlo. Tarde o temprano, se va a enterar todo el mundo

–añadió apartando la mirada y poniéndose en pie de repente–. No quiero nada de ti. No he venido a hacerte sentir culpable ni a pedirte nada. Simplemente... he creído que debías saberlo –concluyó dirigiéndose a la puerta y abriéndola–. Bueno, ya nos veremos. Que tengas un buen día.

¿Un buen día?

¿Pero acaso se creía aquella mujer que podía aparecer en su casa, decirle «hola, estoy embarazada, simplemente me ha parecido que debías saberlo» y desaparecer deseándole que tuviera un buen día?

No, de eso, nada.

–Emma –dijo Mitch poniéndose en pie y yendo hacia ella.

Cuando estuvo frente a Emma, sintió tantas ganas de tocarla que tuvo que meterse las manos en los bolsillos.

–Dime.

Mitch estaba sudando ante lo que se le acababa de ocurrir. Aunque no fuera exactamente lo que quería, era lo que debía hacer. Así que tomó aire, la miró a los ojos y pronunció las cuatro palabras que habrían de cambiar su vida.

–Creo que deberíamos casarnos.

Capítulo Ocho

Emma tuvo que hacer un gran esfuerzo para no estallar en carcajadas.

–Ya lo hemos intentado y no funcionó –le recordó.

Mitch tragó saliva.

–Yo creo que deberíamos volver a intentarlo.

Emma cerró los ojos.

–¿Por qué? –le preguntó al abrirlos.

–Porque estás embarazada.

Claro, porque estaba embarazada, no porque estuviera enamorado de ella. A juzgar por la expresión de su rostro, Mitch no iba a querer escuchar un «no» por respuesta.

–También es mi hijo, Emma. Quiero que lleve mi apellido y que crezca con su madre y con su padre.

Emma sabía que Mitch lo estaba intentando con todas sus fuerzas, pero no era suficiente.

–Ésa no es razón para casarse, Mitch.

–¿Cómo que no? Todo el mundo se va a enterar de que estás embarazada. Dirán de ti que eres una fresca y del niño que es un bastardo –le recordó masajeándose la nuca–. Gabriel's Crossinges un lugar maravilloso y sus habitantes son buena gente, pero los dos sabemos que hay unas cuantas personas que hablan demasiado. A lo mejor, nunca te lo dicen a la cara, pero hablarán de ti a tus espaldas, hablarán de nuestro hijo cuando no esté. ¿Te parece justo traer un niño al mundo con esa carga?

Emma negó con la cabeza, sintiéndose culpable.

Era cierto que Gabriel's Crossing era un lugar maravilloso, pero también era cierto que había personas de creencias obsoletas y, aunque Emma estaba convencida de que nadie los trataría mal ni a ella ni al niño, sí que creía que hablarían a sus espaldas.

Al final, algún día, su hijo oiría la palabra «bastardo» o «ilegítimo» y querría saber por qué se lo llamaban.

Aunque Mitch tuviera un papel activo en la vida de su hijo, el estigma estaría presente y, además, no era lo mismo criarse con ambos padres en la misma casa que ver a tu padre solamente los fines de semana.

–Podemos hacer que funcione –insistió Mitch tocándole el brazo–. Casi todos los preparativos de la boda estaban listos y, a no ser que tú le hayas dicho a alguien que la habíamos cancelado, nadie lo sabe. Podemos seguir adelante como estaba previsto.

Mitch hablaba con seriedad, pero como si estuviera planeando comprar más cabezas de ganado, sin emoción. Obviamente, no lo emocionaba la idea de pasar la vida a su lado. Se quería casar con ella porque era un hombre responsable y creía que aquello era lo correcto.

A Emma le hubiera gustado poder oponerse a su lógica, pero a ella la habían educado igual que a él, con la misma escala de valores. Además, No quería ser madre soltera, no quería que la gente hablara de ella.

Si Mitch la quisiera un poquito... pero no, era obvio que no sentía nada por ella. Aquello la entristecía profundamente porque, a pesar de todo lo ocurrido, ella lo seguía amando con todo su corazón.

Emma ni siquiera sabía por qué le había pedido que se casara con él. Ahora, ya no importaba. Ahora, lo único que importaba era el bienestar de su hijo, sus deseos y sentimientos quedaban en segundo plano.

Aunque no le hacía ninguna gracia casarse con un hombre que no la amaba, tenía que anteponer los derechos de su hijo a tener una infancia feliz y exenta de cotilleos, así que cerró los ojos y decidió sacrificar su felicidad por la de su bebé.

–Muy bien –accedió.

–Muy bien –contestó Mitch–. Vamos a adelantar la fecha y no le vamos a decir a nadie lo del niño, ¿de acuerdo?

–De acuerdo –contestó Emma avanzando hacia su coche–. Ya nos veremos.

Mitch la tomó del brazo.

–¿Puedo hacer algo?

–No, gracias. De momento, estoy bien.

–Si cambias de opinión, me lo dices, ¿eh?

–Claro –contestó Emma obligándose a sonreír.

A continuación, se metió en el coche y se alejó mientras Mitch se quedaba mirando el vehículo. Una vez a solas, Emma se dijo que estaba prometida otra vez y no supo si sentirse aliviada o descorazonada. Se iba a casar con el mismo hombre, pero dos cosas habían cambiado: estaba embarazada y ahora sabía que era todo una farsa.

Emma se pasó las siguientes semanas ocupada con los vómitos matinales y los preparativos de la boda, que había sido adelantada varios meses y que se iba a celebrar ahora en el rancho de los Ramsey en lugar de en la iglesia.

Todo lo que tendría que haber sido un placer, como elegir las flores, hacerse el vestido de novia o mandar las invitaciones, se convirtieron en meras obligaciones que Emma llevaba a cabo fingiendo nervios y emoción.

Mitch y ella habían quedado unas cuantas veces para que nadie sospechara que no eran una pareja feliz. Emma había pensado en más de una ocasión que eso era lo que la esperaba para el resto de su vida, fingir que era feliz.

Bueno, al menos, tendría a su hijo y podría hacerlo feliz a él.

En aquel momento, alguien llamó a la puerta. Era la madre de Mitch.

–Sólo faltas tú –sonrió Theresa.

–Ya voy –contestó Emma poniéndose en pie y alisando las arrugas de su traje de novia con la mano.

Mientras seguía a su futura suegra hacia el jardín donde se iba a celebrar la ceremonia, Emma notó que el corazón le latía aceleradamente. Cuando llegó al pie de las escaleras, encontró a su padre esperándola e hizo todo lo que pudo para dedicarle una sonrisa radiante.

–Qué guapa estás –dijo Wyatt Davis con la voz tomada por la emoción–. Me recuerdas a tu madre el día que nos casamos.

Ante la mención de su madre, Emma sintió que se le saltaban las lágrimas, pero consiguió controlarse.

Su madre habría sido la única persona a la que le podría haber confiado lo que le estaba pasando, pero no estaba. Emma tenía que hacer lo que tenía que hacer ella sola, así que avanzó del brazo de su padre en dirección al jardín.

Una vez fuera, caminaron sobre la alfombra roja rodeada de sillas blancas a ambos lados en las que estaban sus familiares y amigos con sus mejores galas.

Y, al fondo, junto al altar, estaba Mitch.

Emma se quedó mirándolo y creyó que se le paraba el corazón.

Mitch siempre estaba guapo, pero aquel día lo estaba más que nunca, con su traje negro y sus botas nuevas, con el pelo tan negro que parecía azul bajo el sol. Mitch también la había visto y la estaba mirando.

Aunque no se casaban por amor, era obvio que el deseo seguía vivo entre ellos. Por lo menos, por parte de Emma, que era consciente de que lo mejor que podía hacer era ocultarle que con una mirada o una caricia se derretiría.

–¿Preparada? –le preguntó su padre.

Emma asintió tragando saliva y rezando para llegar al altar sin desmayarse, vomitar o ponerse a llorar.

En aquel momento, empezó la música y todos los congregados se pusieron en pie y miraron hacia la casa, esperando ver aparecer a la novia.

Mitch había visto a Emma y le había parecido que, si no hubiera sido porque iba del brazo de su padre, habría salido corriendo, lo que no le extrañaba porque él habría hecho lo mismo de no haber estado acompañado por su hermano, el cura y cincuenta invitados.

Por enésima vez, se metió el dedo por el cuello de la camisa, que le apretaba hasta asfixiarlo.

Maldición.

Emma estaba tardando demasiado en ponerse a andar, así que Mitch la miró a los ojos y le hizo una señal con la cabeza. Emma la captó y comenzó a avanzar hacia él. A pesar de que Mitch ya había pasado por todo aquello antes, no podía negar que estaba preciosa.

Wyatt Davis le entregó a su hija con lágrimas en los ojos y Mitch se encontró ante el cura con Emma a su lado. Emma le apretó la mano y Mitch supuso que era por puros nervios, así que se la apretó también para tranquilizarla.

Aunque no tenía ninguna esperanza de que aquel matrimonio le saliera mejor que el primero, estaba dispuesto a hacer todo lo que estuviera en su mano para ser un buen padre y un esposo decente.

–Mitchell Alexander Ramsey, ¿quieres por esposa a esta mujer para amarla, honrarla y respetarla hasta que la muerte os separe? –le preguntó el sacerdote.

Mitch miró a Emma a los ojos.

–Sí, quiero –contestó.

Emma le colocó la alianza y escuchó mientras el sacerdote le hacía la misma pregunta.

–Emma Louise Davis, ¿quieres a este hombre para amarlo, honrarlo y respetarlo hasta que la muerte os separe?

–Sí, quiero –contestó con tranquilidad a pesar de que estaba nerviosísima.

El sacerdote los declaró marido y mujer y le indicó a Mitch que podía besar a la novia, momento en el que los invitados estallaron en gritos de júbilo.

Antes de que los rodearan, Mitch se inclinó sobre Emma y la besó. Para su sorpresa, ella lo besó también y se aferró a su brazo.

A Mitch no le hubiera importado seguir besándola, pero la gente que se había acercado a darles la enhorabuena se lo impidió.

Para su sorpresa, se sentía más cómodo junto a su nueva esposa de lo que había esperado.

Capítulo Nueve

La ceremonia y la pequeña celebración que tuvo lugar a continacuión transcurrieron sin percances. Teniendo en cuenta que ni el novio ni la novia querían estar donde estaban, había sido todo un logro.

Cuando abandonaron la celebración, que había tenido lugar también en casa de los padres de Mitch, Emma pensó que era divertida tanta ironía.

A continuación, se dirigieron a su casa o, mejor dicho, a casa de su padre porque tenían que hacer la mudanza, recoger las cosas de Emma y llevarlas al rancho de Mitch.

Tras tres viajes de una casa a otra, Emma se encontraba agotada a pesar de que Mitch no le había permitido llevar nada pesado. Todavía le quedaban muchas cosas por llevarse, pero el rancho de su padre estaba a tan sólo un par de kilómetros, así que Emma bostezó, subió las escaleras seguida por Mitch y, una vez en el rellano de la planta superior, se dirigió a la habitación de invitados donde habían estado dejando sus cosas.

–Pareces cansada –comentó Mitch piensas Emma se sentaba en el borde de la cama.

A continuación, dejó la caja que llevaba en el suelo.

–¿Por qué no te echas una siesta?

Lo cierto era que Emma podría haberse quedado dormida fácilmente porque el día había sido realmente estresante, pero era el día de su boda. Bueno, su noche de bodas. Emma miró el reloj que había sobre la mesilla de noche y vio que eran solamente las siete de la tarde.

Al no obtener contestación, Mitch se irguió, se metió las manos en los bolsillos, avanzó hacia la puerta y se fue.

¡Y Emma, que esperaba que saltara sobre ella y que diera rienda suelta a la pasión durante una semana!

¡Ya!

Emma se dejó caer en la cama boca arriba con un gemido de frustración. Había tan sólo una cosa que le interesaba de estar casada con Mitch y, por lo visto, ahora resultaba que se la iba a negar.

Bueno, eso habría que verlo.

Emma se puso en pie y buscó en una de las bolsas.

–Aquí está –exclamó al encontrar lo que estaba buscando.

Entre las manos tenía un salto de cama de raso que se había comprado la primera vez que Mitch le había pedido que se casara con él.

Emma abrió la puerta con cautela y buscó a Mitch con la mirada. No oía nada, pero se percató de que la puerta de su habitación estaba cerrada y la del baño abierta.

Emma se metió dentro y comenzó a desnudarse. Todavía iba vestida de novia, así que tardó un rato. Lo primero que hizo fue quitarse las flores del pelo y, luego, se quitó el vestido, los zapatos, las medias, las braguitas y el sujetador.

A continuación, se dio una ducha, se lavó el pelo y se acicaló lo mejor que pudo. En aquellos momentos, le habría gustado haberse llevado sus cremas, sus geles y sus champús, pero tuvo que contentarse con el jabón de Mitch.

Claro que también era cierto que Mitch siempre olía de maravilla, así que oler a él al utilizar su jabón era un sustituto decente hasta que, con un poco de suerte, pudiera obtener aquel olor de su propio cuerpo.

Emma se secó el pelo y el cuerpo, se puso el salto de cama, que la favorecía enormemente, se soltó el pelo y salió al pasillo.

La puerta del dormitorio de Mitch estaba abierta, pero él no estaba por ningún lado, lo que quería decir que estaba en la planta baja o fuera de la casa. Emma bajó descalza a buscarlo. Una vez abajo, oyó ruidos en la cocina y allí se dirigió.

Al llegar, observó que Mitch estaba colocando la vajilla en los armarios y se quedó mirándolo, admirando sus movimientos, sus músculos.

Se había cambiado y llevaba de nuevo los vaqueros y la camisa de siempre. Emma se fijó en que tenía pajas en los dobladillo de los vaqueros y supuso que había ido a las cuadras. Menos mal que ya había vuelto porque, de no haber sido así, habría tenido que elegir entre esperarlo en el salón o salir a buscarlo y eso habría supuesto tener que aguantar las miradas y los comentarios de sus empleados.

Claro que tampoco estaba muy segura de haber tenido el valor de haber salido a buscarlo si aquél hubiera sido el caso.

Mitch, que en aquellos momentos estaba organizando la cubertería, se giró y se quedó mirándola. Sus ojos se deslizaron sobre el cuerpo de Emma, desde la cabeza hasta los pies, y tuvo que agarrarse a la encimera, pero pronto consiguió recuperarse.

–Hola –la saludó.

Emma se dio cuenta encantada de que estaba nervioso. Bueno, por lo menos, había conseguido captar su atención aunque estuviera intentando disimular.

–Hola –contestó.

–Creía que estabas descansando.

–No estoy cansada –mintió Emma.

–Has tenido un día muy largo y no deberías excederte.

Emma se apoyó en la puerta como quien no quiere la cosa, buscando una postura natural y sensual a la vez.

–Tú has tenido un día exactamente igual de largo que yo –apuntó.

Mitch terminó de vaciar el lavaplatos y lo cerró.

–Yo estoy acostumbrado y, además, no estoy embarazada –contestó.

En eso, tenía razón, pero Emma tampoco creía que hubiera sido para tanto porque, al fin y al cabo, simplemente había pasado el día casándose, no montando a caballo o escalando el monte Everest.

–Por si no te has dado cuenta, ésta es nuestra noche de bodas –comentó decidiendo que era mejor ir directamente al grano–. Se supone que no tenemos que irnos a dormir hasta dentro de un buen rato.

A continuación, dio unos cuantos pasos adelante y se colocó directamente frente a Mitch, lo miró a los ojos y comenzó a desabrocharle la camisa.

–Claro que nos podemos ir a la cama cuando quieras.

Dicho aquello, lo besó en la mandíbula, en la mejilla y en la comisura de los labios, se agarró a las trabillas de los vaqueros y se apretó contra su cuerpo.

Cuando lo besó en la boca, se dio cuenta de que Mitch no estaba respondiendo a sus estimulos. Era cierto que había movimiento a la altura de la bragueta, pero Mitch no se movía, no la estaba besando.

Emma se apartó suavemente, abrió los ojos y lo miró. El rostro de Mitch estaba impávido y tenía los dedos apretados.

–¿Qué te pasa?

–Deberías descansar –insistió Mitch tomándola de los hombros y apartándola–. Ha sido un día muy largo.

–¿Cómo? –se extrañó Emma.

–Hemos tenido un día muy largo –contestó Mitch por enésima vez–. Pareces cansada. Deberías irte a la cama.

Así que, en lugar de hacerle el amor a su mujer, Mitch le estaba diciendo que tenía aspecto de estar cansada y que debería irse a la cama sin él.

Emma no sabía si sentirse dolida o enfadada, así que decidió sentirse las dos cosas.

–Estás de broma, ¿no?

Mitch negó con la cabeza y se puso a moverse por la cocina organizando cosas que ya estaban hechas, como limpiar la encimera de nuevo o colocar el detergente que había junto a la ventana medio centímetro más a la izquierda.

–Vete a dormir –le dijo sin mirarla a los ojos–. Yo tengo que ir a las cuadras.

Y, dicho aquello, se giró y salió de la casa dejando a Emma sola en su noche de bodas.

Mitch cruzó la pradera, saltó la valla y metió la cabeza hasta los hombros en el abrevadero de los caballos.

Maldición.

¿Acaso Emma quería volverlo loco?

Como si no hubiera sido suficiente tener que controlarse durante todo el día mientras la observaba bailar con aquel precioso vestido blanco que dejaba al descubierto su piel pálida y suave y sus maravillosas piernas, al llegar a casa se había duchado y había bajado a buscarlo ataviada con un camisón que no dejaba nada para la imaginación.

Era cierto que el conjunto, compuesto por camisón y bata, le llegaba casi por los tobillos, pero la tela era suntuosa, marcaba las formas del cuerpo de Emma y era casi transparente, así que se le veían los pezones y el vello oscuro de la entrepierna.

Llevaba el pelo mojado y olía a limpio y a su jabón. Nada más verla, se había excitado y había tenido que hacer un gran esfuerzo para no hacerle el amor allí mismo, en el suelo de la cocina.

Y, para colmo, había tenido que soportar sentir sus maravillosas curvas apretadas contra su cuerpo, quemándole la ropa, quemándole la boca. No había tenido más remedio que salir huyendo de la cocina para no hacer algo de lo que se pudiera arrepentir, algo que se había prometido a sí mismo no volver a hacer.

No se iba a acostar con su esposa.

Mitch era consciente de que se suponía que debería hacerlo, sobre todo en su noche de bodas, y Emma había dejado muy claro que era lo que quería, pero él, no.

No quería ni tocarla, no quería aprovecharse de la situación. Emma se había casado con él no porque quisiera sino porque estaba embarazada y eso hacía que Mitch se sintiera extraño.

Además, no quería acercarse demasiado a ella, ni física ni emocionalmente. Sobre todo, después de haberla visto entre los brazos de su hermano y después de tener los recuerdos de la traición de su ex mujer más presentes que nunca.

No ahora que estaban legalmente casados, obligados a vivir juntos. Había demasiadas posibilidades de verse demasiado involucrado, de empezar a tomarle cariño de verdad, y Mitch no quería correr aquel riesgo.

Por eso había decidido que lo mejor era mantener la distancia. No quería que Emma se hiciera ilusiones porque su matrimonio era una farsa.

Mitch sacó la cabeza del abrevadero y se sacudió como un perro.

Mientras entraba en las cuadras, se dijo que el único problema de su brillante plan era que parecía que Emma no estaba en la misma página que él. Emma parecía encantada ante la idea de zambullirse de pies a cabeza en un matrimonio de verdad.

Lo malo era que, si se le había metido en la cabeza seducirlo, tal y como había intentado en la cocina, ¿cómo demonios iba a conseguir Mitch resistirse? ¿Cuánto tiempo podría aguantar?

No creía que mucho porque todavía le hervía la sangre en las venas, todavía sentía la urgencia de hacerle el amor, así que, haciendo un esfuerzo sobrehumano, se obligó a dar de comer a los caballos.

Iba a tener que ser más fuerte, iba a tener que

actuar con más determinación e iba a tener que evitar estar cerca de su nueva esposa todo lo posible.

A Emma le estaba pareciendo que el matrimonio no era tan maravilloso como la gente decía.

En el mes y medio que llevaba casada con Mitch, apenas habían hablado y, cuando lo habían hecho, había sido siempre sobre temas mundanos como el tiempo, el ganado o la cena.

Aquello era para volverse loca.

Siempre que intentaba acercarse a él, Mitch actuaba como si lo hubiera quemado y con cualquier excusa salía de la casa en dirección a las cuadras.

Además, no parecía estar dándose cuenta de los cambios que se estaban operando en su cuerpo. Para Emma, se estaba tratando de cambios muy pronunciados. Le habían crecido los pechos y los tenía mucho más sensibles, le había salido un poco de tripita y las camisetas comenzaban a quedarle pequeñas.

Cualquiera que se hubiera fijado un poco, se habría dado cuenta de que estaba embarazada.

Por desgracia, Mitch no era una de esas personas. Su relación era, más o menos, la de dos compañeros de piso en lugar de la de un marido y una mujer, y aquello estaba empezando a ponerla de los nervios.

Su padre y los padres de Mitch estaban encantados con la noticia de que iban a ser abuelos y, de momento, ninguno de ellos había preguntado por qué estaba embarazada de tres meses cuando hacía solamente un mes que se habían casado.

Emma estaba cada día más aburrida pero, cuando había bajado a las cuadras para echar una mano, Mitch le había dejado muy claro que no era bienvenida allí y que no debía hacer esfuerzos porque estaba embarazada.

¿Esfuerzos? Pero si no hacía absolutamente nada. Lo único que hacía era cocinar y mantener la casa limpia. Por lo menos, cuando vivía con su padre, tenía cosas que hacer en el rancho y se mantenía ocupada.

Tal vez, pudiera ayudar con la parte administrativa del rancho. Mitch pasaba tantas horas fuera, en las cuadras, trabajando con las vacas y los caballos, que Emma supuso que no tendría mucho tiempo que dedicarle a los libros de contabilidad. Mitch tenía un despacho montado en casada con ordenador, pero Emma no recordaba haberlo visto nunca allí.

Claro que, a lo mejor, allí era donde pasaba las noches porque, como no compartían habitación ni cama...

En cualquier caso, Emma necesitaba algo en lo que ocupar su tiempo, así que lo primero que hizo el lunes por la mañana cuando se levantó fue vestirse, preparar el desayuno, desayunar con Mitch, que apenas habló, y, en cuanto se hubo ido en dirección a las cuadras, dirigirse a su despacho.

Tal y como había pensado, hacía mucho tiempo que Mitch no actualizaba las facturas porque había recibos por todas partes. También había listas de ganado y recibos de compras y ventas.

En lugar de sentirse agobiada ante tanto trabajo, Emma se sintió contenta porque, por fin, había encontrado algo en lo que ocupar su tiempo y atención, un objetivo para su vida matrimonial aparte de ser esposa y ama de casa.

Tal vez, con un poco de suerte, podría demostrarle a Mitch que podía echarle una mano y ser de mucha ayuda en el Circle R.

Tal vez, no le sirviera para resolver sus problemas, pero, por lo menos, hacer aquel trabajo la iba ayudar a sentirse útil y a no pensar en la terrible farsa de su matrimonio.

Capítulo Diez

Dos semanas después, Emma no podía dormir. Eran cerca de las dos de la madrugada, estaba lloviendo con fuerza y había truenos y relámpagos.

Normalmente, disfrutaba de las tormentas, del viento, el ritmo relajante de las gotas de agua, de la claridad y el olor que había al día siguiente, pero aquella noche todas aquellas cosas hacían que se sintiera más triste que nunca.

Emma suspiró sintiendose derrotada, se irguió, apartó las sábanas y se puso la bata. A lo mejor, un vaso de leche caliente la ayudaría. Una vez en la cocina, se sirvió una buena cantidad de leche y la metió a calentar en el microondas.

Mientras esperaba, metió el cartón de leche en el frigorífico, se cruzó de brazos y se quedó mirando por la ventana.

Fuera estaba muy oscuro, pero había luz en las cuadras. Emma frunció el ceño. Era extraño que alguien estuviera en las cuadras a aquellas horas de la noche.

Incluso Mitch, que se pasaba el día allí para evitarla.

Llevada por la curiosidad, subió las escaleras y

comprobó que la puerta del dormitorio de Mitch estaba abierta, algo extraño también porque siempre la mantenía cerrada.

Seguramente para mantenerla a ella alejada, claro.

En aquel momento, la alarma del microondas la avisó de que la leche estaba caliente, así que bajó a la cocina.

Mientras se tomaba la leche, volvió a mirar por la ventana y se preguntó qué haría Mitch a aquellas horas en las cuadras. ¿Qué habría tan importante que no pudiera esperar al día siguiente? Por supuesto, la única respuesta lógica era que había habido una emergencia con uno de los animales.

Preocupada, se puso unas zapatillas de deporte y una cazadora vaquera para protegerse del frío y cruzó corriendo la distancia que la separaba de las cuadras. Por supuesto, el agua le empapó en cuanto puso un pie fuera de la casa.

Una vez en las cuadras, se coló dentro sin hacer ruido y buscó a Mitch, pero no lo vio por ningún lado. Sin embargo, oyó ruidos al fondo de la cuadra y se fue hacia allí.

Al llegar, se dio cuenta de que lo que había oído era la voz de Mitch, que estaba hablando muy bajito. Al acercarse, vio que Mitch estaba de cuclillas en el suelo junto a una yegua que estaba terminando de dar a luz.

Con mucho cuidado para no hacer ruido pues no quería distraer a Mitch ni asustar a la yegua, Emma se quedó junto a la puerta observando cómo Mitch dedicaba al animal palabras de ánimo y caricias y la ayudaba cuando era necesario.

En pocos momentos, vio aparecer unas diminutas pezuñas y un diminuto hocico y Mitch tiró del potro y lo ayudó a nacer.

Al hacerlo, cayó de espaldas y el recién nacido cayó encima de él, lo que lo hizo estallar en carcajadas. Emma sintió que las lágrimas le resbalaban por las mejillas al oír su risa y ver cómo Mitch limpiaba al animal y lo observaba mientras se ponía en pie.

Mientras el potro mamaba, Mitch se puso en pie y se limpió las manos en los vaqueros. Emma se apresuró a secarse las lágrimas porque no quería que viera que había estado llorando. Cuando Mitch la vio, se quedó helado.

–¿Qué haces aquí? –le preguntó saliendo del establo y cerrando la puerta.

–He visto luz en las cuadras y he venido por si pasaba algo.

–No, no pasa nada. Sólo una yegua que tenía que dar a luz.

–Ya lo he visto –contestó Emma mirando con una sonrisa en el rostro a la madre y al recién nacido–. Es precioso, ¿eh? Bueno, o preciosa.

–Precioso, es un potro –contestó Mitch.

Dicho aquello, se quedaron en silencio mirando a madre e hijo.

–No deberías estar aquí –comentó Mitch–. Estás empapada. Deberías estar en la cama.

–No podía dormir –contestó Emma fijandose

en que Mitch también estaba mojado y sucio–. Tú no estás mucho mejor.

Mitch se miró e hizo una mueca de disgusto.

–Sí, supongo que me va venir bien una ducha.

–Pues vamos a casa –dijo Emma agarrándolo del brazo e ignorando su protesta de que se iba a manchar–. Mientras tú te duchas, yo preparo chocolate caliente.

Mitch apagó las luces de las cuadras, abrió las puertas y ambos corrieron hasta el porche. Una vez dentro de casa, se quitaron los zapatos y las cazadoras y comprobaron que ambos estaban mojados.

–Tú sube a ducharte mientras yo preparo chocolate –insistió Emma.

–Tú también estás mojada y, además, estás...

–Como digas otra vez que estoy embarazada, te arreo –lo interrumpió Emma con una cacerola en la mano–. Sí, es cierto que estoy embarazada, pero eso no significa que sea frágil como una muñeca de porcelana. Yo estoy mojada, pero tú estás mojado y sucio, así que ve a ducharte tú primero.

Mitch miró la sartén y se dio cuenta de que Emma estaba molesta, así que se metió las manos en los bolsillos.

–Está bien, me voy a duchar.

Haciendo un gran esfuerzo para no reírse, Emma apretó los dientes porque, a pesar de que sabía que Mitch había sentido el tono divertido de su voz, quería permanecer estoica.

–Buena idea.

Mitch se giró y subió las escaleras en dirección

al baño. Emma comenzó a imaginárselo desnudándose y tuvo que hacer un gran esfuerzo para concentrarse en preparar el chocolate y no derretirse allí mismo.

Aunque Mitch hubiera dejado muy claro que no tenía ningún interés en acostarse con ella, ella no podía controlar sus hormonas y Emma suponía que era a causa del embarazo, que le había disparado la libido.

O, tal vez, fuera que una persona siempre quiere lo que no puede tener. En cualquier caso, se sentía como si estuviera a régimen y hubieran colocado ante ella un bufé de postres deliciosos.

Por supuesto, estaba muerta de hambre, salivando, y estaba más que dispuesta a saltarse la dieta.

Emma preparó el chocolate y, de paso, calentó también unas tostadas. A los pocos minutos, Mitch bajó duchado, con el pelo mojado y descalzo.

Al verlo así, Emma tuvo que tragar saliva porque el deseo se había apoderado con fuerza de su cuerpo.

–El chocolate ya está caliente y estoy preparando tostadas. A mí me encanta tomarme el chocolate con tostadas con mantequilla.

Sin decir palabra, Mitch pasó a su lado y se sentó, agarrando la taza de chocolate caliente entre las manos.

Emma sacó la tostada del tostador, le puso mantequilla, la cortó por la mitad y la dejó sobre la mesa en un plato. A continuación, se sentó junto a Mitch y tomó también la taza de chocolate entre las manos.

Mitch miraba a Emma, que se paseaba por la cocina tan cómoda y eficiente como siempre. No le había costado absolutamente nada hacerse con la casa desde que había llegado y parecía que hubiera vivido siempre bajo aquel techo.

Por propia iniciativa, se ocupaba de las comidas y de organizar la casa a pesar de que había una señora que se encargaba de la limpieza todas las semanas. Mitch se había dado cuenta de que le había ordenado también el despacho, y se lo agradecía mucho.

Así, había encontrado algo que hacer con su tiempo y, además, lo estaba ayudando muchísimo porque se estaba ocupando precisamente de la parte del rancho que a él le gustaba menos, los papeles.

Por lo que había visto, Emma había actualizado el libro de contabilidad, un trabajo que llevaba él semanas atrasando.

Que viviera en su casa y se ocupara de sus cosas era de alguna manera el recordatorio de que estaba casado con ella y que, independientemente de las circunstancias, iban a estar casados por mucho tiempo.

Sin embargo, lo que más le gustaba de Emma no era que hiciera un café maravilloso ni que se ocupara de la contabilidad del rancho, sino ella en sí misma, su presencia, su voz y su olor, su pelo y la forma de caminar, la manera en la que tarareaba cuando cocinaba o cómo olía el baño después de que ella se hubiera dado uno de sus largos y maravillosos baños de espuma.

Todo lo referente a ella lo excitaba. Mitch se levantaba todas las mañanas con su olor, que se le antoja tan fuerte que hubiera podido jurar que había pasado la noche a su cuerpo.

¡Su cuerpo!

Aquel cuerpo era como para hacer que un hombre que no creyera en Dios se pusiera a rezar. Sobre todo ahora, con los cambios que el embarazo le estaba produciendo.

Se trataba de cambios sutiles, pero Mitch se había percatado absolutamente de todos. Se había fijado en que le habían crecido los pechos y en que se le estaba formando una preciosa tripita.

Lo que más le apetecía en el mundo era acariciarle la tripa y sentir aquel lugar en el que estaba creciendo su hijo. Soñaba con ello.

Sin embargo, por mucho que le apeteciera tocarla, involucrarse en el desarrollo del bebé sería demasiado peligroso porque Mitch era consciente de que no se conformaría con tocarle la tripa sino que querría más, querría acariciarle el cuello y el rostro, querría besarla y hacerle el amor.

Por eso, pasaba las noches en blanco, recordando cuando la tenía entre sus brazos y podía acariciarla. Antes, en el pasado, cuando su relación había sido casual y no complicada, temporal en lugar de permanente.

Mitch se llevó el chocolate a los labios y deseó

que fuera algo frío que calmara su ardor, claro que tampoco le hubiera servido de mucho porque, siempre que tenía a Emma cerca, le subía la temperatura corporal.

Entre mordiscos de tostada y tragos de chocolate, Emma estaba hablando del potro recién nacido. Su voz era suave y alegre y tranquilizó a Mitch a pesar de que también lo excitaba.

Ése era el efecto que Emma tenía sobre él. Aunque la deseaba con todo su cuerpo, también había un profundo nivel de comodidad, parecido a un buen fuego en una noche de invierno. Era un tipo de soltura que Mitch suponía que tendría una pareja que llevaba viviendo junta cincuenta años.

Claro que siempre había sido así con Emma. Tal vez, porque habían crecido juntos, viéndose constantemente, incluso en la adolescencia, cuando estaban feos y tenían granos, compartiendo huesos rotos y corazones destrozados.

O, tal vez, simplemente fuera ella, con su maravillosa sonrisa y sus ojos amables, y aquella manera suya de aceptar a todo el mundo tal y como era, sin querer cambiar a nadie.

Ni siquiera a él, que obviamente tenía muchas cosas que cambiar. Lo cierto era que Mitch no tenía ni idea de por qué Emma había accedido a casarse con él.

–¿Mitch?

Mitch parpadeó y se dio cuenta de que Emma había dejado de hablar y lo estaba mirando como si esperara una respuesta.

–Perdón, se me ha ido la cabeza. ¿Qué me has preguntado?

Emma sacudió la cabeza y Mitch se fijó en que todavía tenía el pelo mojado. No era su pelo lo único que estaba mojado pues, aunque ya casi llevaban media hora dentro de casa, todavía tenía zonas del camisón húmedas y, aunque decía que no tenía frío, tenía los pezones duros.

Mitch los veía claramente a través de la tela casi transparente. Tal vez, fuera su imaginación o el recuerdo de haberlos tenido entre sus manos y en su boca.

Maldición.

Estaba completamente excitado. De no haber sido por la mesa de madera que lo tapaba, Emma se habría dado cuenta de lo que sentía por ella. Por mucho que hubiera insistido muy serio en que no estaba interesado, su respuesta física lo habría traicionado.

Inhalando y exhalando con paciencia, Mitch luchó para controlar su erección y se agarró a la taza con tanta fuerza que se le pusieron los nudillos blancos. Además, se obligó a mirar a Emma a los ojos en lugar de fijarse en su pecho.

–No, nada, tampoco estaba diciendo nada importante –contestó Emma sin darse cuenta de la terrible batalla interna que Mitch estaba librando–. Supongo que estarás cansado, así que no hace falta que te quedes haciendome compañía por educación –añadió levantándose y dirigiéndose con su taza hacia el fregadero.

Mitch aprovechó aquel momento, en el que Emma estaba de espaldas a él, para ponerse en pie con la idea de dirigirse a la puerta. Así, podría irse antes de que Emma se diera cuenta de la abultada que llevaba la bragueta de los vaqueros.

–Toma –dijo dejando la taza en el fregadero.

Su idea era dejar la taza y salir a toda velocidad de la cocina directamente hacia su dormitorio, donde podría encerrarse y evitar la seducción natural de Emma.

Sin embargo, en el mismo momento en el que Mitch dejó la taza en el fregadero, Emma se giró hacia él y le rozó con la tripa justo encima de la hebilla del cinturón, lo que lo hizo gemir.

Al instante, sintió que el diafragma se le cerraba, que el corazón le daba un vuelco y que la sangre le hervía en las venas.

Emma se quedó mirándolo con sus enormes ojos azules muy abiertos y una mezcla de incertidumbre y deseo. Mitch maldijo en silencio al darse cuenta de que por su culpa Emma estaba dudando de su belleza.

Por supuesto que no quería tocarla, pero tampoco quería dañarle la autoestima porque Emma era una mujer realmente bonita que se merecía tener a un buen hombre a su lado y no a él, que no era capaz de corresponder a sus sentimientos.

–Emma... –suspiró acariciándole el pelo y poniendole la palma de la mano en la nuca.

Emma se mojó los labios con la punta de la lengua. Mitch se apretó contra ella, frotándose sensualmente contra su cuerpo donde más necesitaba que lo tocara.

–Creía que ya no me deseabas –murmuró Emma con voz trémula.

–Claro que te deseo –contestó Mitch con voz grave–. Lo que pasa es que quería negarlo, quería controlarme, pero me ha sido imposible. Te deseo día y noche, despierto y dormido. Desde que vives conmigo, no hago más que darme duchas de agua helada.

Emma se quedó mirándolo emocionada.

–Vaya, pues cualquiera lo habría dicho –comentó un tanto molesta.

–He intentado engañarte y he intentado engañarme también a mí mismo, pero no me ha salido bien. Ésta no miente –contestó Mitch apretando su erección contra la entrepierna de Emma.

Al instante, vio un brillo especial en sus ojos, un brillo de puro deseo, pero Emma se controló y se puso seria.

–¿Qué te parece si te digo que solamente accederé a acostarme contigo si sé qué me quieres y que te tomas en serio que este matrimonio funcione?

Mitch apretó las mandíbulas.

–Voy a hacer todo lo que pueda para que este matrimonio funcione.

–Pero no me quieres.

Lo había dicho como una afirmación, pero no en tono acusatorio. Antes de que le diera tiempo de contestar, Emma se encogió de hombros suavemente y sonrió.

–No pasa nada –le dijo–. Si hubieras dicho que me querías, me habría dado cuenta de que sólo lo estabas haciendo para acostarte conmigo. Por lo menos, ahora sé que eres sincero conmigo.

–Yo nunca te he mentido –contestó Mitch.

Emma se apretó contra él.

–Si lo hacemos, no hay marcha atrás –ronroneó–. Si consumamos nuestro matrimonio, no podremos pedir la anulación si cambiamos de idea. Tendremos que divorciarnos.

–Jamás se me había pasado por la cabeza –contestó Mitch sinceramente–. Cuando dije en la boda «hasta que la muerte nos separe», lo dije en serio.

Era cierto que se había casado con ella para lo bueno y para lo malo, sabiendo exactamente lo que hacía. Aunque no hubiera sido por amor sino para darle a su hijo un hogar estable y proteger la reputación de Emma, Mitch tenía intención de que fuera para siempre, pasara lo que pasara.

–Entonces, creo que ya va siendo hora de que disfrutemos de nuestra noche de bodas –contestó Emma acariciándole el pelo.

Capítulo Once

Emma lo besó, suspirando encantada cuando sus labios se encontraron, besándolo como si Mitch fuera el agua que le salvara la vida después de una larga caminata por el desierto.

Mitch le tomó el rostro entre las manos y la devoró a besos. Si Emma no hubiera estado tan desesperada y excitada como él, tal vez se habría asustado ante su desesperación.

Sin dejar de besarla, Mitch le acarició el cuello y los pechos, deslizando sus manos hasta pararse en su abdomen. Entonces, se apartó ligeramente. El pecho le subía y le bajaba por el ritmo entrecortado de su respiración. Emma también respiraba con dificultad.

–¿No le pasará nada al bebé si nos acostamos? –le preguntó.

–No, claro que no –contestó Emma acariciándole la mejilla y sonriendo–. Te lo prometo, no le pasará nada. No nos vas a hacer daño ni a mí ni a él.

–Gracias a Dios.

Aquélla era la declaración más bonita que Emma había oído de Mitch y, si no hubiera sido porque la tomó en brazos y la levantó por los aires a toda velocidad, tal vez se habría reído.

–¿Qué haces?

–Llevarte a mi dormitorio –contestó Mitch subiendo los escalones de dos en dos–. Desde que te has venido a vivir conmigo, sueño con tenerte en mi cama. No puedo dormir de lo mucho que te deseo.

–Te recuerdo que duermo al otro lado el pasillo –murmuró Emma–. ¿Por qué no has venido nunca a buscarme? –añadió mordisqueándole el lóbulo de la oreja.

–Porque estaba intentando comportarme como un caballero –contestó Mitch–. No quería utilizarte, no quería que pensaras que me estaba aprovechando de ti por estar casados.

–Como yo también te deseo, no te estás aprovechando de mí en absoluto –le aseguró Emma.

Al llegar al dormitorio, Mitch entró con Emma en brazos y cerró la puerta con el pie, dirigiéndose directamente a la enorme cama que había en el centro.

–Espero que mañana por la mañana te acuerdes de lo que acabas de decir porque tengo intención de pasarme toda la noche haciéndote el amor y no pienso arrepentirme lo más mínimo –comentó Mitch dejándola sobre la cama.

A continuación, se desabrochó el cinturón y los botones de la camisa, se la quitó e hizo lo mismo con los pantalones.

Así, gloriosamente desnudo y erecto, se tumbó al lado de Emma y comenzó a besarla y a acariciarla de nuevo.

–¿Te han dicho alguna vez lo maravillosa y bonita que eres? –le dijo comenzando a desabrochar los diminutos botoncitos de perla de su camisón–. Pues te lo digo yo, pero también te digo que, por favor, no te vuelvas a comprar un camisón con botones como éstos.

Emma sintió que el corazón le daba un vuelco ante semejante cumplido.

–Por favor, dime que este camisón no es de tus preferidos.

–No, claro que no, pero...

–Bien, mañana mismo te compro otro –la interrumpió Mitch rasgando la tela.

Emma oyó cómo los botones caían al suelo y ayudó a Mitch a deshacerse del camisón, que aterrizó en el suelo junto a su ropa.

Mitch se tumbó sobre ella y Emma lo abrazó, encantada de sentir el calor de su cuerpo, encantada de sentir su piel, su pelo, su torso desnudo contra sus pezones, su erección entre las piernas. Se abrió para él, deseando que la penetrara, pero al parece que Mitch no tenía prisa, tal y como ponía de manifiesto que estuviera deleitándose en acariciarle el pelo y los pechos, lo que estaba haciendo que Emma se revolviera nerviosa y excitada.

A continuación, Mitch hizo el mismo camino con la boca y Emma dio un respingo y lo abrazó con fuerza porque las sensaciones eran tan intensas que el placer se había convertido casi en dolor.

Mitch se apartó levemente y se quedó mirándola.

–Te ha crecido el pecho –comentó.

A continuación, depositó una de sus manos sobre el abdomen de Emma, que sintió un escalofrío de deseo.

–Está creciendo –continuó Mitch mirándola a los ojos–. Me encanta ver cómo cambia tu cuerpo –añadió besándole la tripa–. Llevaba semanas querido hacer esto.

Emma sonrió encantada con un nudo de emoción en la garganta.

–Yo también quería que lo hicieras.

Aquello y mucho más. Quería que la acariciara, que la besara y que le hiciera el amor. Quería quedarse dormida entre sus brazos y despertarse de la misma manera, quería hablar con él, reírse con él y compartir los cambios que se estaban operando su cuerpo.

Y ahora que Mitch estaba haciendo alguna de aquellas cosas, Emma sentía esperanza y alegría por primera vez en meses.

Mitch continuó besándola por la tripa antes de emprender viaje al sur. Emma se revolvió, sintiéndose de repente tímida, y le tiró del pelo para intentar que no siguiera adelante, pero Mitch la ignoró y le colocó los muslos en sus hombros.

–Mitch, no...

–Calla –le dijo él dándole una palmadita en la nalga–. Llevo soñando con esto mucho tiempo, así que déjame hacer. Tú túmbate y disfruta.

Al sentir su lengua en la entrepierna, Emma, que había cerrado los ojos, vio colores por todas partes y sintió que la respiración se le alteraba ante el placer.

Sentía la lengua de Mitch chupando, lamiendo, haciendo círculos. Había empezado lentamente y había ido tomando velocidad poco a poco, conduciéndola al borde del orgasmo varias veces, haciéndola estremecerse.

Cuando se concentró en aquel diminuto punto de deseo enterrado entre los pliegues de su cuerpo, Emma no se molestó en intentar controlar las sensaciones que se apoderaron de ella.

Su cuerpo se contrajo y, a continuación, elevó la pelvis del colchón durante unos segundos antes de que sus huesos se derritieran como la cera de una vela encendida y volviera a bajar. Tenía la respiración entrecortada y estaba sorprendida de no haberse desmayado.

–Eso debe de querer decir que te ha gustado, ¿no? –sonrió Mitch.

Emma sonrió, lo agarró de las orejas y lo obligó a subir hasta tenerlo frente así.

–Cállate y bésame, tonto.

Mitch chasqueó con la lengua divertido y obedeció. Emma percibió el sabor de su propio cuerpo en la lengua de Mitch y gimió de placer al tiempo que deslizaba una mano entre sus cuerpos sudorosos, agarraba su miembro duro y potente. En aquella ocasión, fue Mitch el que exhaló una exclamación de deseo y de placer.

A continuación, Emma jugueteó con su erección, deslizando la mano arriba y abajo, apretándola y haciendo círculos con la yema del dedo pulgar sobre la parte alta, rosada y delicada.

Mitch la agarró de la muñeca al cabo de un rato, dando por finalizadas las caricias eróticas.

–Ya no puedo más.

–Es lo que tú me has hecho a mí –protestó Emma.

–Sí, pero yo me recupero tan rápidamente como tú y quiero estar dentro de tu cuerpo cuando llegue al orgasmo.

Dicho aquello, se colocó de rodillas y se sentó sobre los talones, arrastrando a Emma con él. Al instante, Emma se encontró sobre su erección y, mientras le pasaba las piernas alrededor del cuerpo y lo abrazaba, sintió que Mitch se introducía en ella, que lo recibió encantada.

Ambos suspiraron ante la gloriosa fricción y se quedaron quietos durante un momento, disfrutando del éxtasis. Luego, Mitch la agarró de las nalgas, la levantó lentamente y la volvió a bajar. Hizo aquel movimiento unas cuantas veces. Emma le clavó las uñas en los hombros al tiempo que sentía que las paredes internas de su vagina comenzaban a tener espasmos, los primeros síntomas del orgasmo.

Cuando vio que Mitch apretaba los dientes, comprendió que tampoco andaba lejos de alcanzarlo, así que se concentró en subir y bajar cada vez más rápido hasta que todo el cuerpo de Mitch se tensó y aulló de placer. Un segundo después, Emma lo siguió gritando también.

Se quedaron así unos minutos. Lo único que se escuchaba era su respiración entrecortada, que llenaba la habitación. A continuación, Mitch la depositó con dulzura sobre la cama, la tapó y la abrazó. Sintiéndose más feliz que nadie, Emma se quedó dormida deseando poder decirle las dos palabras que ocupaban su mente.

Te quiero.

En cuanto Emma abrió los ojos a la mañana siguiente, supo que algo había cambiado. Apenas tardó unos segundos en recordar lo que había sucedido la noche anterior y, al hacerlo, sonrió encantada.

Aquello era lo que ella había esperado del matrimonio, aquélla era la noche de bodas que quería haber tenido.

–Ya iba siendo hora de que te despertaras –comentó Mitch a sus espaldas.

–Creía que ya estarías trabajando –contestó Emma girando la cabeza hasta verlo.

–Lo he pensado, pero no he sido capaz de levantarme sin ti.

Emma sintió que la piel se le ponía de gallina pues aquél era un lado de Mitch, su lado juguetón y romántico, que ella jamás había visto.

–¿Y las vacas no tendrán hambre?

–No. Además, para eso tengo empleados.

Emma se giró por completo hacia él y apoyó el codo sobre la almohada y la cabeza en la palma de la mano. Bajo las sábanas, sus piernas estaban entrelazadas y sintió que comenzaba a excitarse.

–¿Eso quiere decir que te vas a quedar todo el día en la cama satisfaciendo a tu necesitada mujercita?

Mitch enarcó una ceja.

–¿Después de lo de anoche todavía dices que estás necesitada?

–No, supongo que no –contestó Emma recordando todo lo que habían hecho las tres veces que se habían despertado a largo de la noche–. Sin embargo, si me abandonas ahora, creo que podría sentirme necesitada de nuevo.

Mitch la agarró de las nalgas y apretó contra su cuerpo para que sintiera su erección.

–Uy, eso sería espantoso y yo no puedo permitirlo –comentó.

El beso que le dio a continuación hizo que Emma se excitara por completo y pasaron muchas horas antes de que ninguno de ellos hiciera intento alguno de levantarse de la cama.

Horas después, estaban en la planta de abajo, duchados y vestidos, comiendo lo que habían preparado juntos entre caricias y besos.

–Aunque no me apetece nada, tengo que ir a ver un par de cosas –comentó Mitch acariciándole la mano–. ¿Te importa?

A Emma le hubiera gustado que se quedara a su lado para siempre, acariciándola, besándola, mirándola con aquella devoción, pero sabía que no era posible y, además, también sabía que, si se pegaba demasiado a él, Mitch podría sentirse agobiado.

–Claro que no –sonrió–. ¿Necesitas ayuda?

–No, no necesito ayuda –contestó Mitch poniéndose en pie y tomándola de la mano para que ella también se levantara–. Si quieres, puedes ir a ver al potro, pero ten cuidado porque ya sabes que, a veces, las madres recién paridas se ponen un poco celosas.

Emma asintió, lo acompañó a la puerta y le dio un beso de despedida. Mitch le dedicó una maravillosa sonrisa antes de salir de la casa, cruzar la pradera de césped y entrar en las cuadras.

Emma comenzó a recoger la mesa y se dio cuenta de que estaba tarareando. Con un poco de suerte, Mitch no se arrepentiría de lo que estaba sucediendo entre ellos y su vida seguiría adelante así para siempre.

Aunque no la quisiera, el sexo era fenomenal entre ellos y se respetaban mutuamente. Además, iban a tener un hijo, lo que reforzaría el vínculo entre ellos.

Emma se dijo que podían ser felices y que se contentaba con aquello. Tal vez, no fuera así siempre, pero de momento estaba dispuesta a vivir el día a día.

Cuando estuvo la cocina recogida, se dirigió al despacho de Match con idea de hacer unas cuantas cosas en el ordenador para después pasarse un rato por las cuadras.

A lo mejor, cuando Mitch terminara lo que tenía que hacer, la acompañaría a ver al potro recién nacido. Le gustaba la idea de ir a verlo juntos porque pronto tendrían un bebé que compartir.

Para cuando terminó, había pasado una hora. Emma se frotó los ojos y se estiró, pensando que Mitch ya habría terminado de hacer lo que tuviera que hacer en la cuadra, así que se puso las botas y abrió la puerta.

Al hacerlo, se encontró con una mujer en el porche que se disponía a llamar. Emma ahogó una exclamación de sorpresa y dio un paso atrás. No le costó mucho reconocer a aquella mujer de pelo rubio platino teñido que iba ataviada con un jersey fucsia con demasiado escote, unos pantalones blancos que parecían una segunda piel y unas sandalias de plataforma de varios centímetros de tacón.

Se trataba de Suzanne, la primera mujer de Mitch, la primera señora Ramsey.

Capítulo Doce

Emma sintió que la tierra se abría bajo sus pies y que no le llegaba el aire a los pulmones.

¿Qué demonios hacía Suzanne allí? ¿Por qué había aparecido ahora que todo parecía estar comenzando a ir bien?

–¿Y tú quién demonios eres? –le preguntó Suzanne cruzándose de brazos.

Tamaña grosería hizo que Emma saliera de su estado como si le hubieran tirado un cubo de agua fría.

–Soy Emma, Emma Davis –contestó utilizando su apellido de soltera porque suponía que Suzanne la recordaría–. Nos conocimos en...

Suzanne desvió la mirada hacia el interior de la casa.

–¿Dónde está Mitch? Soy su mujer y quiero verlo. ¿Dónde está?

Emma la miró furiosa y apretó los puños, no solamente porque fuera una maleducada y estuviera ignorando su presencia sino porque estaba mintiendo, ya que no era la esposa de Mitch.

–Ex mujer –le recordó–. Te recuerdo que eres su ex mujer, Suzanne.

–No por mucho tiempo –contestó la aludida–. Lo del divorcio ha sido simplemente una fase, pero vamos a volver juntos y nos volveremos a casar.

–Siento mucho decirte que eso va a ser imposible porque Mitch está casado conmigo.

Suzanne se quedó mirándola con la boca abierta y con los ojos entrecerrados y Emma se preparó para lo peor. No tenía miedo ya que estaba acostumbrada a recibir coces y patadas de vacas y caballos.

No le gustaba en absoluto pelear, pero sabía que podría aguantar la embestida. Sin embargo, antes de que a Suzanne le diera tiempo de responder o a Emma de cerrarle la puerta en las narices, se oyó la voz de Mitch desde la pradera.

–Me ha parecido oír llegar un coche. ¿Tenemos visita?

Emma tuvo que ladear la cabeza para conseguir ver a su marido porque Suzanne llevaba el pelo completamente cardado y le tapaba la visión. Mitch llevaba el sombrero puesto sobre los ojos y no había visto a su ex mujer. Por lo visto, tampoco había reconocido su coche porque, de lo contrario, habría sabido inmediatamente quién los había ido a visitar.

Al llegar al porche, levantó la cabeza y vio Suzanne. Al verla, la miró sorprendido, lo que hizo que Emma se alegrara porque lo cierto era que había albergado algún temor de que Mitch se alegrara de verla.

Al oír su voz, Suzanne se quedó helada durante un segundo y, a continuación, de repente, gritó, corrió hacia él y se abalanzó sobre Mitch.

Emma enarcó una ceja al ver que Mitch daba un paso atrás y tenía que hacer equilibrios con los brazos para no caerse.

–Oh, Mitchy, Mitchy, cuánto te he echado de menos –gritó Suzanne con fingida dulzura, besándolo en la mejilla repetidas veces.

A Emma le entraron ganas de vomitar.

–Hola, Suzanne –contestó Mitch agarrándola de las muñecas y quitándosela de encima–. ¿Qué haces aquí?

A Emma le pareció que Mitch estaba irritado, lo que le produjo una gran alegría porque no estaba segura de poder soportar que Mitch se alegrara de ver a su ex mujer.

–Te he echado de menos, Mitchy. Quiero volver contigo y ser feliz a tu lado.

–¿Y Kevin?

–Bueno, eso ya es agua pasada. Fue una estupidez por mi parte irme con él y abandonarte. ¿Me perdonas?

Mitch tardó tanto en contestar que Emma sintió una punzada de pánico. ¿Y si se alegraba de ver a su ex mujer? ¿Y si quería volver con ella?

Con ningún objetivo en concreto, abrió la puerta mosquitera y salió al porche, dejando que se cerrara de un portazo. El ruido hizo que Mitch levantara la mirada hacia ella.

A continuación, soltó a Suzanne y caminó hacia Emma, agarrándola de la cintura al llegar a su lado.

–Supongo que ya conoces a Emma, mi mujer.

Emma sintió que el corazón le daba un vuelco de alegría al oír aquellas palabras. Parecía que Mitch no se iba a deshacer de ella para irse con su ex mujer.

La expresión del rostro de Suzanne era claramente de odio, un odio dirigido directamente a ella.

–No sabía que te hubieras vuelto a casar –comentó.

–Hay un montón de cosas que no sabes sobre mí –le espetó Mitch–. Ésa es una de las razones por la que no seguimos casados.

Suzanne volvió a cruzarse de brazos. Al hacerlo, se le abría cada vez más el escote del jersey y Emma no podía parar de mirarle los pechos.

–¿Podríamos hablar un momento en privado? –le preguntó Suzanne a Mitch irritada.

Emma dio un respingo.

–¿Te importa? –le preguntó Mitch.

Por supuesto que le importaba porque estaba insegura y asustada y estaba empezando a sentirse como una leona guardando su territorio, pero, por supuesto, no lo iba decir en voz alta, así que tuvo que aguantarse.

–No, adelante –mintió.

Mitch siguió a Suzanne, que había bajado los escalones del porche y estaba cruzando la pradera de césped con un provocativo vaivén de caderas. Menos mal que no entraron en las cuadras.

Emma no podía escuchar lo que estaban diciendo, pero se dio cuenta de la cantidad de veces que la ex mujer de Mitch intentaba tocarlo con la excusa de quitarle algo de la camisa o de abrocharle un botón, aproximándose tanto a él que podía rozarlo con los pechos.

Cuando vio que la pareja se despedía, se fijó en que Mitch se encogió de hombros y en que Suzanne sonreía. A continuación, ella se dirigió a su coche, se montó y se fue y Mitch volvió a casa.

–Perdona –le dijo–. No creía que fuera a volver por aquí jamás.

Emma asintió.

–¿Y qué quería?

–Prefiero no hablar de ello ahora –contestó Mitch–. Me voy a duchar.

Y, dicho aquello, sin esperar su respuesta, pasó a su lado y se perdió en el interior de la casa.

Emma se giró y se quedó mirándolo, calculando que habían pasado catorce horas de perfecto matrimonio, catorce horas de felicidad.

Catorce horas.

Mitch se metió en la ducha y dejó que el agua le resbalara por el cuerpo, deseando que las gotas pudieran borrar los últimos veinte minutos de su vida.

Justamente ahora que creía que las cosas estaban yendo bien porque Emma y él habían hecho una tregua y habían pasado la noche y buena parte de la mañana haciendo el amor…

Tal vez, si no se hubieran levantado de la cama,

si se hubiera quedado en ella haciéndole el amor a su esposa durante el resto del día, no habría sucedido nada.

No, imposible, Suzanne le habría arruinado la vida de todas maneras.

¿Por qué demonios tenía que haber vuelto precisamente ahora? Después de la corta conversación que había mantenido con ella a las puertas de la cuadra, lo sabía.

Suzanne había abandonado a su amado Kevin, el hombre con el que se había estado acostando mientras estaba casada con él, y ahora quería una reconciliación. Por lo visto, quería volver con él, decía que seguía enamorada de él y que se arrepentía mucho de haberlo engañado y abandonado.

Por supuesto, Mitch no la creía.

En el pasado, lo había hecho, había confiado en ella, se había comportado como un estúpido, cegado por el deseo y convencido de que la amaba, pero había aprendido de sus errores.

Ahora, sabía que una persona que te ama no te deja, no liga con otros hombres delante de ti para ponerte celoso ni te separa de tu familia buscando más tiempo, atención y dinero.

A Suzanne le solía bastar con sonreír, ahuecarse el pelo y pasearle una uña pintada por el centro del pecho para que Mitch se excitara y no fuera capaz de pensar con claridad.

¿Pero qué quería en realidad?

Mitch creía que era posible realmente que quisiera volver con él, pero lo que no se tragaba eran las razones que le había dado. No, aquella mujer tramaba algo y Mitch no iba a permitir que se saliera con la suya.

Sin embargo, aquello no significaba que su visita no hubiera levantado viejos recuerdos. Mitch se frotó bien la piel con el jabón con la doble intención de limpiarse el sudor del trabajo y el olor de su ex mujer.

Creía que se había olvidado de ella y, en cierto sentido así era, pero también era verdad que todavía no se había recuperado del dolor de la traición, lo que lo ponía de muy mal humor.

Maldita Suzanne.

Ojalá se hubiera quedado con su querido Kevin y no hubiera vuelto a aparecer en su vida. Tras cerrar el grifo del agua, Mitch salió de la ducha y comenzó a secarse.

Además, estaba Emma. Mitch era perfectamente consciente de que estaba disgustada porque Suzanne se hubiera presentado en su casa y él no la había ayudado a tranquilizarse negándose a hablar con ella después de que su ex mujer se hubiera ido.

En aquellos momentos había necesitado estar solo para lamerse las heridas y apartar de su cabeza la voz y la imagen de su ex mujer.

Ahora que ya lo había hecho, sabía que le debía una explicación a Emma, tenía que asegurarle que Suzanne no iba a formar parte de sus vidas.

Tras vestirse, bajó a la cocina, donde encontró a Emma preparando la cena. Estaba empanando pechugas de pollo y friéndolas, uno de los platos favoritos de Mitch que, sin embargo, estaba tan disgustado que apenas tenía apetito.

Al verlo entrar, se giró hacia él y sonrió, pero era una sonrisa triste.

–¿Te sientes mejor? –le preguntó volviéndose a ocupar de las pechugas de pollo.

–Sí –contestó Mitch aunque no era cierto–. Mira... te quería pedir perdón por no haber hablado contigo cuando se ha ido Suzanne –añadió yendo hacia ella y apoyándose en la encimera.

–No pasa nada, lo entiendo –contestó Emma mirándolo de reojo y siguiendo con las pechugas.

Mitch pensó que, tal vez, aquél era precisamente el problema. Emma era demasiado comprensiva. Si le hubiera hecho algo parecido a Suzanne, se habría enfadado, habría gritado, llorado y aullado, lo habría perseguido por la casa y, posiblemente, le habría tirado algo a la cabeza.

Era una ironía, pero el hecho de que Emma no reaccionara así lo molestaba. ¿Acaso no le importaba que su ex mujer se hubiera presentado en su casa de repente? ¿Acaso no le importaba que Suzanne hubiera abandonado a su segundo marido y quisiera volver con él?

Lo cierto era que no le habría importado que Emma hubiera mostrado ciertos celos. Él se había puesto de lo más celoso cuando la había encontrado en brazos de su hermano.

Sin embargo, Emma no parecía estar celosa de Suzanne en absoluto, lo que ponía a Mitch de muy mal humor.

–En cualquier caso, quiero que sepas que no creo que vuelva a venir por aquí.

Emma asintió, pero no reaccionó, así que Mitch se dijo que era mejor dejar las cosas como estaban porque, al fin y al cabo, la visita de Suzanne no había sido idea suya, así que tampoco tenía por qué pedir perdón mil veces.

–¿Te ayudo?

–Sí, vete poniendo la mesa –contestó Emma.

Mitch así lo hizo y se dijo que todo iba bien, que todo estaba aclarado y resuelto y que podían seguir adelante con sus vidas, pero el nudo que sentía en la boca del estómago mientras ponía la mesa le indicaba que no era así.

Mitch tenía la corazonada de que las cosas entre Emma y él iban a empeorar.

«Podría ser peor», se dijo Emma un par de semanas después.

Su relación con Mitch no había vuelto a ser feliz y eufórica, como ella creía que iba a ser antes de la aparición de Suzanne, pero tampoco había vuelto a ser fría y distante como antes.

Comían juntos y hablaban más de lo que lo habían hecho durante las primeras semanas de estar casados. A veces, trabajaban juntos, cuando ella le pedía que acudiera al despacho a mirar algún documento o él le pedía que lo ayudara en las cuadras.

Por supuesto, Emma era consciente de que Mitch

en realidad no necesitaba que lo ayudara y que se lo pedía para que se sintiera útil. Claro que ella tampoco necesitaba su ayuda con el papeleo, pero lo hacía para tenerlo cerca y para sentir que eran un equipo.

Además, dormían juntos en el dormitorio de Mitch, donde hacían el amor, murmuraba en la oscuridad y dormían uno en los brazos del otro.

Era casi perfecto.

Casi.

Mitch seguía sin quererla y Emma lo sabía y lo aceptaba de alguna manera. Lo que más miedo le daba en aquellos momentos era Suzanne. Suzanne Yates Ramsey Burnes, que en aquellos momentos estaba haciendo todo lo que podía para convertirse de nuevo en Suzanne Yates Ramsey.

Había vuelto a presentarse en su casa cuatro veces. Aparecía cada dos o tres días, tirándole puñales a ella mientras ligaba con Mitch y aprovechaba cualquier oportunidad para tocarlo.

Había que decir en defensa de Mitch que intentaba zafarse de todas sus caricias y dejarle claro que no tenía ningún interés en ella ni en que apareciera por allí, pero su ex mujer se hacía la sorda y, para colmo, le daba exactamente igual que la actual mujer de su ex marido estuviera delante.

Emma sabía que las visitas de Suzanne molestaban a Mitch porque, cuando su ex mujer se iba, estaba serio y distante, apenas hablaba, dormía apartado de ella y no la tocaba.

Emma intentaba no tomárselo personalmente

porque entendía que su ex mujer lo había engañado y lo había abandonado por otro hombre y ahora había vuelto. Aquello era más que suficiente para que cualquier hombre estuviera de mal humor, pero no podía evitar tener miedo de que se estuviera distanciando de ella, de que la presencia de Suzanne los estuviera alejando.

Mitch le había dicho que no quería nada con Suzanne, que no quería reconciliarse con su ex mujer, pero ¿cómo saberlo seguro?

Emma sabía que la había amado en el pasado y que su traición le había dolido muchísimo y todavía no sabía si se habría repuesto de ello.

¿Qué ocurriría si Mitch recordaba a la Suzanne que había conocido, de la que se había hecho novio y con la que se había casado? ¿Y si decidía que merecía la pena darle una segunda oportunidad y ver qué tal les iba?

La mera idea de que aquella posibilidad se cumpliera hacía que Emma sintiera un escalofrío de pies a cabeza.

Ojalá Mitch la tomara entre sus brazos y le asegurara que no tenía nada que temer, que la quería y que no sentía nada por su ex mujer, pero Mitch no le podía decir algo que no sentía.

Aunque la deseara físicamente, la quisiera como amiga y como madre de su hijo, no la amaba como un hombre ama a su mujer.

Y aquello era lo que más la asustaba porque, si Mitch no la amaba, no había ningún vínculo emocional que lo retuviera a su lado y la posibilidad de que volviera con su ex mujer era mucho mayor.

Emma hacía todo lo que podía para ocultar sus miedos, fingía que todo iba bien y que no le importaba lo más mínimo que Suzanne apareciera en su casa.

Lo único que los mantenía juntos era el bebé que iba a nacer y, aunque Mitch le había dicho que quería hacer las cosas bien, que quería que aquel niño llevara su apellido y darle la estabilidad de un hogar en el que vivieran sus dos progenitores, Emma era consciente de que, si decidía volver con Suzanne, podría divorciarse de ella y seguir siendo un padre maravilloso.

Se le había ocurrido la idea de casarse con ella cuando no había tenido otra opción, pero ahora su ex mujer le estaba poniendo otras opciones sobre la mesa, dos opciones grandes y voluminosas que no todos los hombres serían capaces de ignorar.

Emma suspiró y dejó su taza de té sin teína sobre la mesa de la cocina. Ya llevaba demasiado tiempo perdido mirando por la ventana por si veía a Mitch y deseando que las cosas fueran diferentes.

Tenía cosas que hacer y, mientras siguiera casada con él, lo mejor que podía hacer era disfrutar, así que tomó un plátano del frutero y se dirigió al despacho de Mitch, que se estaba convirtiendo rápidamente en su despacho ya que ella era la única que lo utilizaba.

Una vez allí, se sentó en la butaca de cuero con ruedas, encendió el ordenador y le dio un mordisco al plátano mientras consultaba el correo. Cuando hubo terminado, se giró para dejar un montón de papeles que ya había examinado en una estantería y, al hacerlo, un sobre color manila cayó al suelo.

No lo había visto antes, pero tampoco la sorprendió porque Mitch solía dejar sus cosas en la mesa para mirarlas cuando tuviera tiempo. No tenía remite ni sello, así que Emma lo abrió y comenzó a leer.

Ver el nombre de Mitch en un documento legal no la sorprendió en absoluto y supuso que eran papeles del rancho, alguna compra o venta de ganado, pero cuando vio el nombre de su padre se quedó de piedra.

Entonces, volvió a leer el documento desde el principio lentamente. Cuanto más leía, peor se encontraba. Sentía que el estómago le daba vueltas y que tenía unas terribles náuseas.

«Oh, Dios mío, no puede ser cierto», pensó.

Sin embargo, allí lo tenía, ante ella, bien clarito. El documento era un codicilo legal, un anexo del testamento de su padre, en el que Wyatt Davis le dejaba su rancho a Mitch con la condición de que se casara con su hija.

Capítulo Trece

Emma se puso en pie como pudo, agarrándose a los muebles y corrió a la cocina para vomitar en el fregadero. Sintiendose como que se iba a desmayar en cualquier momento, se lavó la cara con agua fría.

Dios mío.

Su padre la había vendido como a una yegua y Mitch la había comprado y se había casado con ella no porque la amara, no porque quisiera tener otra esposa sino a cambio de cien acres de tierra colindantes con la suya y varias cabezas de vacas y caballos.

Emma se agarró a la encimera mientras las lágrimas le resbalaban por las mejillas y recordó la primera propuesta de matrimonio de Mitch y su insistencia la segunda vez en que quería hacerse responsable del hijo que iban hacer.

Sí, seguro que quería hacer lo adecuado por el bien del niño, pero Emma estaba segura de que la generosa oferta de su padre también habría influido en su decisión.

Sollozando, subió las escaleras hacia el dormitorio con la idea de recoger sus cosas. Tenía que salir de allí cuanto antes. No quería seguir allí, no quería volverse loca.

Su matrimonio era una verdadera farsa. Ahora sabía que Mitch le había mentido, la había traicionado y la había comprado.

Tras meter en una bolsa su cepillo de dientes, ropa interior y un par de camisetas y de pantalones, sin saber muy bien hacia dónde iba y con la certeza de que jamás volvería a aquella casa, se fue.

Para Suzanne, que Mitch se quedara con ella y la dejaran en paz. Lo cierto era que no le importaba mucho. En aquellos momentos, lo único que quería era no tener que verlo jamás.

Por supuesto, tampoco iba a ir al rancho de su padre. Su padre era tan rastrero como Mitch. ¿Cómo le había podido hacer aquello? ¡Su propio padre!

Emma salió de la casa con la bolsa de viaje en la mano, se subió en el coche con la vista nublada por las lágrimas, lo puso en marcha y salió de allí a toda velocidad con la única idea de alejarse de Mitch Ramsey para siempre.

Mitch abandonó las cuadras con una ligera cojera en la pierna izquierda pues aquella mañana había tenido un pequeño encontronazo con un toro. Una vez fuera, se dirigió a casa suponiendo que Emma estaría en la cocina preparando la cena como todas las noches.

Cuando lo veía entrar, le sonreía y le preguntaba qué tal le había ido el día y qué tal estaba el potro nuevo. A continuación, Mitch se duchaba y bajaba a cenar.

Todo aquello se le antojaba muy acogedor. Vivir con Emma era maravilloso y tenerla en su cama, todavía mejor, pero no quería pensar demasiado en ello aunque era cierto que ya no sentía pánico cuando pensaba que estaba casado con ella y que iban a ser padres.

Sin embargo, no la encontró en la cocina y no olía a comida. A lo mejor, estaba arriba durmiendo o en el despacho trabajando.

Mientras se quitaba las botas, Mitch pensó que todo iba estupendamente si no fuera por su ex mujer. Le había dicho ya en varias ocasiones que no tenía el más mínimo interés en ella y que estaba casado con otra mujer, pero Suzanne no le hacía ni caso.

Mitch sospechaba que su insistencia no se debía a que quisiera volver con él sino a que quería que la mantuviera económicamente porque, ahora que se había divorciado de Kevin Burnes, no debía de tener dónde caerse muerta.

Por supuesto, él no tenía ningún interés en mantenerla. Además, ahora tenía una familia de la que ocuparse, así que no podía desperdiciar su tiempo, su energía y su dinero en una mujer que lo había engañado y lo había abandonado, algo que Emma jamás haría.

Mitch entró en el despacho y comprobó que Emma tampoco estaba allí, subió a su dormitorio y miró también en el baño, pero tampoco la encontró en la planta superior.

Aquello no lo preocupó porque supuso que Emma podría haber ido a casa de su padre a hacerle una visita, así que se duchó. Veinte minutos después, la casa seguía vacía y silenciosa.

Fue entonces cuando Mitch se fijó en que el coche de Emma no estaba en su sitio. aquello evidenciaba que había ido a casa de su padre o a hacer algún recado al pueblo. Lo sorprendía que no le hubiera dejado una nota como solía hacer, pero tampoco se preocupó. Pronto volvería.

Una hora después, Mitch se preparó un sándwich porque estaba muerto de hambre y pensó en llamar a Wyatt para ver si su hija estaba con él. Sin embargo, no quería parecer demasiado protector ni controlador, así que esperó.

Dos horas después, estaba anocheciendo y Mitch estaba empezando a sentirse realmente preocupado. Emma siempre le decía adónde iba y a qué hora iba a volver o solía llamarlo para que no se preocupara.

Mitch ya no pudo más y llamó a casa de su padre, pero Wyatt le dijo que Emma no estaba allí. Tras despedirse asegurándole que no pasaba nada y que seguro que llegaba de un momento a otro, se encontró con que no sabía dónde llamar pues no se sabía el teléfono de ninguna de sus amigas.

–Maldita sea –exclamó sintiendo que se aproximaba un dolor de cabeza.

¿Dónde demonios se habría metido? Hacía ya cuatro horas que él había vuelto de trabajar y, a lo mejor, incluso se había ido antes. De repente, Mitch sintió miedo. ¿Y si se había puesto enferma? ¿Y se había comenzado a sentirse mal y se había ido corriendo al hospital sin tiempo de avisarlo?

No debería haberla dejado sola.

Mitch corrió a su despacho con la idea de buscar los teléfonos de las amigas de Emma. Al abrir y cerrar cajones y revolver los papeles que había sobre la mesa en busca de su agenda, movió el ratón del ordenador y comprobó que la computadora estaba encendida, lo que lo preocupó todavía más porque Emma siempre lo apagaba cuando se iba de casa.

En ese momento, Mitch se fijó en los papeles que tenía ante sí, los leyó distraídamente y se dio cuenta de que era el documento que Wyatt y él habían firmado poco después de la boda, el documento por el que el padre de Emma lo hacía heredero de su rancho cuando muriera.

Tras firmarlo, Wyatt le había repetido repetidamente lo contento que estaba, pero él no se sentía así y ahora sabía por qué. Tendría que haberle dicho que no, que no le interesaba su rancho o, por lo menos, tendría que haber quemado los papeles en cuanto hubiera llegado a casa y no dejarlos donde Emma pudiera verlos.

Porque, obviamente, los había visto y ahora creía que solamente se había casado con ella por una parcela de tierra. Nada más lejos de la realidad, pero era imposible que ella lo supiera.

¿Cómo lo iba a saber si había hecho todo lo que había podido para mantener las distancias entre ellos?

Mitch se pasó las manos por el rostro y se dijo que lo había estropeado todo. Lo peor era que le había hecho daño a Emma, lo último que hubiera querido hacer.

Tenía que encontrarla.

Al salir por la puerta a toda velocidad se encontró con la persona que menos le apetecía ver en aquellos momentos.

Suzanne.

–¿Que demonios haces aquí? –le espetó.

–¿Qué voy a hacer, tonto? He venido a verte, por supuesto –contestó su ex mujer con voz melosa.

–Pues que sea la última vez que vienes por aquí –le soltó Mitch–. Quiero que te quede muy claro de una vez por todas que estoy con Emma y que esperamos un hijo, que la quiero y que no eres bien recibida en esta casa. Si vuelves por aquí, llamo al sheriff para que te detenga por allanamiento de morada. Si te crees que estoy de broma, ven otra vez y lo comprobarás.

Dicho aquello, se montó en el coche y se alejó con la única idea en la cabeza de encontrar a Emma cuanto antes.

Le había dicho a su ex mujer que estaba enamorado de Emma y era verdad. ¿Por qué no se había dado cuenta antes? Por eso había querido casarse con ella a pesar de que el matrimonio con Suzanne le había salido mal.

No había sido porque que su padre se lo hubiera pedido ni por lo que le había ofrecido a cambio sino porque ya entonces estaba enamorado de ella.

¿Podría convencer a Emma de aquello de lo que se acababa de dar cuenta o la habría perdido para siempre?

Mientras conducía, Mitch llamó a su madre, que no sabía nada de Emma, y a su hermano.

–Emma ha desaparecido –le dijo en cuanto Chase contestó el teléfono–. ¿Está contigo?

–¡Por favor, Mitch, deja ya los celos! –se defendió su hermano–. Me estás empezando a hartar con tus sospechas.

–No te he preguntado si está en la cama contigo –murmuró Mitch apretando los dientes–. Confío en ella y confío en ti también –añadió sinceramente.

Emma jamás lo engañaría como había hecho Suzanne. Mitch se daba cuenta de que, de alguna manera, siempre lo había sabido y por eso había accedido a casarse con ella. Ni siquiera lo habría hecho porque estuviera embarazada si no hubiera confiado en ella.

–Te llamo porque estoy preocupado por ella y he pensado que, a lo mejor, tú sabías dónde estaba. Se me ha ocurrido que tal vez hubiera ido a verte para contarte lo que ha pasado.

A continuación, le habló a Chase del documento que Emma había encontrado en su despacho y ambos hermanos se pusieron de acuerdo para encontrarla.

Tras colgar el teléfono, Mitch comenzó a rezar para encontrar a Emma, para que ella y el bebé estuvieran bien, para que quisiera hablar con él y le diera la oportunidad de explicarse y para poder suplicarle que lo perdonara.

Y, por supuesto, para que lo creyera cuando le dijera lo mucho que la amaba.

Capítulo Catorce

Una hora después, Mitch vio el coche de Emma en el aparcamiento del motel Dew Drop Inn que había a las afueras del pueblo.

Inmediatamente, frenó y dejó su coche junto al de su mujer. La tentación de ponerse a llamar a todas las puertas era grande, pero consiguió controlarse y dirigirse a la recepción, donde, tras preguntar en qué habitación estaba hospedada su esposa, tuvo que identificarse para que el adolescente que estaba a cargo se lo dijera.

En cuanto supo el número de la habitación, Mitch se dirigió a ella y llamó a la puerta. Cuando nadie le contestó, volvió a llamar.

–¿Emma? Emma, soy Mitch. Sé que estás ahí. Abre la puerta. Por favor.

–Vete.

Mitch sintió que se le encogía el corazón ante aquellas palabras, pero también sintió un gran alivio al saber que estaba allí y que estaba bien. Sin embargo, se sintió fatal al darse cuenta de que Emma estaba llorando.

–Emma, cariño, por favor, abre la puerta. Quiero hablar contigo.

–Pues yo no quiero hablar contigo. Vete o llamo a recepción y digo que me estás molestando.

Mitch apretó los dientes.

–Maldita sea, Emma, abre la puerta o la tiro abajo. Sólo quiero hablar.

Silencio.

–Muy bien, tú lo has querido, la voy a tirar –dijo Mitch dando un paso atrás para tomar fuerza–. A la de una...

Nada.

–A la de dos…

–Está bien –murmuró Emma.

Cuando abrió la puerta, Mitch la encontró lívida con los ojos rojos de llorar durante horas. Su obvia tristeza lo dejó anonadado y con ganas de arrodillarse ante ella allí mismo y suplicarle perdón.

–¿Estás bien? Sé qué has visto los documentos del acuerdo que firmé con tu padre y sé que anímicamente no estás bien, pero quiero saber si físicamente el bebé y tú estáis bien.

–Los dos estamos bien, pero no voy a volver contigo –contestó Emma–. Me voy. Voy a pedir el divorcio. Me llevo al niño. No quiero volver a verte. Ni a ti ni a mi padre.

–Por favor, no me hagas eso –imploró Mitch–. Por favor, escúchame –añadió agarrándola de la muñeca y cerrando la puerta a sus espaldas–. Sé que ahora mismo me odias, y tienes todo el derecho del mundo. Yo también me odio a mí mismo por lo que te estoy haciendo pasar, pero me gustaría que me dieras la oportunidad de explicártelo todo. Por favor.

Emma se cruzó de brazos con lágrimas en los ojos.

–Nada de lo que digas podrá arreglar lo que habéis hecho mi padre y tú.

–Tienes toda la razón. No te puedes imaginar cuánto lo siento, pero créeme si te digo que no me importa en absoluto el rancho de tu padre. Tu padre me hizo esa propuesta porque estaba preocupado por sus tierras ya que no sabía si te ibas a querer hacer te cargo de ellas cuando él muriera. Y yo la acepté porque... porque te quiero.

Emma estalló en carcajadas y puso los ojos en blanco.

–Sí, claro, ¿me tengo que creer que el hombre que me acusó de engañarlo con su propio hermano y que luego no me quería tocar una vez casados está enamorado de mí?

–¿Serviría de algo que te dijera que soy un idiota?

–No, eso ya lo sé.

Aquello hizo sonreír a Mitch.

–Siéntate un momento, por favor –le pidió a continuación.

Emma dudó un momento, pero acabó aceptando la silla que Mitch le ofrecía y Mitch se colocó delante de ella y se arrodilló mirándola a los ojos.

–Soy un idiota por muchas razones, pero la más grande de todas es que he dejado que la traición de Suzanne me hiciera creer que jamás sería capaz de volver a confiar en una mujer, lo que es una tontería. En ti puedo confiar perfectamente. En lo más profundo de mí, lo sabía aunque no quisiera admitirlo. No creía que fuera a ser capaz de aguantar de nuevo el dolor y la humillación de que otra mujer me engañara. Por eso no quería casarme –le explicó Mitch acariciándole la mano–. Durante muchos años intenté no sentir nada, pero, de repente, me di cuenta de que te deseaba y de que por ti sentía un montón de cosas. Aquello me asustó y por eso acepté la oferta de tu padre. No fue porque me interesara el rancho sino porque quería estar contigo y no sabía cómo hacerlo. La oferta de tu padre fue la excusa perfecta para casarme contigo sin tener que admitir que sentía algo por ti. Y, luego, cuando me dijiste que estabas embarazada...

Le acarició la tripa.

–Dios mío, entonces me sentí el hombre más feliz del mundo, pero también sentí pánico, lo reconozco. Sin embargo, me dije que criar un hijo tiene que ser lo más maravilloso del mundo y que tenía que intentarlo –continuó–. Por favor, cariño, no te enfades con tu padre. Lo ha hecho con toda su buena intención aunque no haya acertado y, por favor, tampoco me odies a mí. Yo te quiero mucho y, si me dejas, no sé qué haría. Sé que no te merezco y que no tengo derecho a pedírtelo, pero, por favor, dame una segunda oportunidad. Vuelve a casa conmigo y deja que te demuestre que te estoy diciendo la verdad. Estoy dispuesto a quemar ese maldito documento y a hacer lo mismo con la copia de tu padre. Además, le he dicho a Suzanne que, como vuelva a aparecer por casa, la hago encarcelar, así que no la volveremos a ver.

–Me has hecho sufrir mucho, Mitch –contestó Emma al cabo de unos segundos–. Me has hecho mucho daño –añadió mordiéndose el labio inferior.

Mitch la abrazó con fuerza.

–Ya lo sé, cariño, y te pido perdón. Nada más lejos de mi intención. Yo nunca hubiera querido hacerte daño.

Emma sollozó sobre su hombro y Mitch la abrazó todavía más fuerte.

–Por favor, Emma, no me dejes. Quédate conmigo y sé mi esposa, mi amante y la madre de mis hijos, ayúdame con el rancho y demuéstrale a todos los habitantes de Gabriel's Crossing que una vez cometí el error de casarme con la mujer equivocada, pero que ahora he acertado y me he casado con la única mujer a la que he amado en mi vida.

–¿De verdad me quieres? –le preguntó Emma apartándose levemente.

–Más que a mi propia vida –contestó Mitch.

–¿Te habrías casado conmigo aunque mi padre no te hubiera hecho esa ridícula oferta y aunque no hubiera estado embarazada?

–Sí, probablemente me habría llevado un tiempo darme cuenta de que era lo que quería, lo reconozco.

Emma sonrió levemente.

–Yo llevo enamorada de ti desde que soy pequeña y nunca has dado muestras de sentir algo parecido por mí.

Mitch se apartó sorprendido por lo que Emma acababa de decir.

–¿Has dicho que siempre has estado enamorada de mí?

Emma asintió y le acarició el pelo.

–Desde que somos niños, pero tú te casaste con esa fresca y me rompiste el corazón –contestó tirándole del pelo–. No quiero más frescas, ni más tratos estúpidos con mi padre ni con nadie, y deja de fingir que no me quieres. Si quieres que nuestro matrimonio funcione, tienes que ser sincero conmigo y dejar de castigarme por el comportamiento de tu ex mujer.

–A sus órdenes, mi general –contestó Mitch.

–Y, además, tendrás que decirme, por lo menos, una vez al día que me quieres. Dos veces si haces alguna tontería.

Aquello hizo reír a Mitch, lo que lo sorprendió porque hacía mucho tiempo que no reía así de a gusto, sintiéndose completamente feliz.

–A sus órdenes, mi general –repitió.

Por supuesto, estaba dispuesto a decirle a Emma lo mucho que la quería diez o doce veces al día si eso la hacía feliz.

–Entonces, ¿vuelves a casa conmigo?

–Sí, pero primero quiero pasar por casa de mi padre a quemar esos malditos documentos.

Mitch chasqueó con la lengua y la abrazó con fuerza.

–Trato hecho –susurró sellando su acuerdo con un beso.

Epílogo

La música de la orquesta The Dixie Chicks se oía por toda la plaza en la que estaban teniendo lugar las celebraciones del Cuatro de Julio. Todos los habitantes de Gabriel's Crossing se habían dado cita allí, habían llevado comida y ahora estaban charlando y bailando.

Emma sonrió a Ida Mae Fisher, que le estaba contando la enésima travesura de uno de sus quince nietos, y buscó entre la muchedumbre en busca de dos caras conocidas.

La de su marido, que se había ido aproximadamente hacía una hora a participar en una carrera de sacos, y la de su hija de tres meses, a la que estaban paseando por toda la fiesta como si fuera un cuenco de puré de patatas el día de Acción de Gracias.

Amelia era apenas una recién nacida y, aunque estaba a buen recaudo en brazos de la madre de Mitch, Emma quería saber dónde estaba.

En aquel momento, sintió un par de fuertes manos masculina en la cintura y se giró sobresaltada para encontrarse con los ojos grises de su adorado marido.

–Vaya, qué susto me has dado –exclamó.

–Hola, Ida Mae –saludó Mitch a su vecina–. ¿Te importaría que me llevara a esta preciosa mujer? La necesitamos en la mesa de los postres.

–No, claro que no. Ya terminaré otro día de contarte las aventuras de Dwight Allen.

–Madre mía –murmuró Mitch al oído de su mujer.

A continuación, la giró en otra dirección y se alejaron.

–Qué historia tan interesante.

–No te puedes ni imaginar –contestó Emma chasqueando con la lengua–. Creo que podré sobrevivir sin saber cómo lograron sacarle los dos granos de maiz de la nariz. Gracias por rescatarme.

En lugar de llevarla hacia la gran mesa en la que había bizcochos, galletas y tartas de todos los colores y sabores, Mitch se llevó a su mujer hacia el aparcamiento.

–De nada. Tenemos que hablar.

Al instante, Emma dejó de sonreír y se puso en guardia.

–¿Qué pasa? ¿Es Amelia? ¿Está enferma? ¿Le ha ocurrido algo?

–No, no te preocupes, la niña está bien –contestó Mitch con paciencia.

A continuación, la apoyó contra la furgoneta y la besó con pasión, hasta que Emma casi se hubo olvidado de la preocupación por su hija.

–A ver si así dejas de preocuparte por Amelia.

–Soy una madre primeriza y todas las madres primerizas nos preocupamos por nuestros hijos.

–Sí, ya lo sé –sonrió Mitch–. Se te da de maravilla.

Emma enarcó una ceja.

–Lo de ser madre, digo –se apresuró a añadir Mitch.

–Ah, bueno –sonrió Emma.

–¿Qué te parece si nos escapamos de la fiesta y nos vamos a casa? Podríamos estar solos y hacer lo que nos diera la gana. Hay una camada de gatitos en la cuadra y te los quería enseñar.

Emma recordó la primera vez que se habían acostado y se planteó la posibilidad de estar a solas con Mitch, solos de verdad.

Desde que había nacido Amelia, no habían tenido muchos momentos para estar solos porque, si no era su padre, eran los padres de Mitch los que iban constantemente a ver a su nieta y, cuando se marchaban, había que atender a la niña o estaban agotados.

–Me encantaría –contestó.

Ya llevaban tres o cuatro horas en el picnic y lo cierto era que le apetecía irse a casa, estar tranquila y descansar en brazos a su marido.

–Voy a recoger a Amelia y...

Mitch la interrumpió con un beso.

–He dicho solos –le dijo–. Amelia se va a quedar a dormir esta noche en casa de mis padres.

Emma negó con la cabeza.

–Oh, no. No puedo...

–Sí, claro que puedes y, además, lo necesitas. Ambos lo necesitamos. Amelia va a estar perfectamente en casa de mis padres. Les he dicho que nos llamen si sucede cualquier cosa y te prometo que tendré el móvil encima todo el rato. Incluso, si quieres, lo puedo poner en modo vibrador.

–Muy gracioso –contestó Emma mordiéndose el labio inferior y mirando hacia la fiesta.

Aunque no veía a su suegra ni a su hija por ningún lado, sabía que estaban por allí y que todo iría bien.

Lo cierto era que echaba mucho de menos estar a solas con Mitch, sólo ellos dos, y poder dedicarse a hacer el amor.

–Está bien –accedió aferrándose a su brazo mientras Mitch le mordía el lóbulo de la oreja.

–¿Te he dicho hoy lo mucho que te quiero? –le dijo.

–Sí, en el desayuno –contestó Emma.

–Bueno, pues te lo voy a repetir por si he dicho o hecho alguna estupidez o por si la hago o digo antes de que acabe el día. Te quiero.

Emma chasqueó con la lengua, le pasó los brazos por el cuello y lo besó.

–Yo también te quiero, pero no te preocupes porque últimamente no estás haciendo ninguna estupidez, te estás comportando como un hombre muy inteligente.

–Lo más inteligente que he hecho en mi vida ha sido casarme contigo.

La convicción con la que lo había dicho y la sinceridad que Emma vio en sus ojos le dieron ganas de ponerse a llorar, así que se abrazó a él con fuerza y lo besó para que le quedara claro lo orgullosa que estaba de él por los cambios que había hecho, ya que había conseguido dejar su inseguridad y sus recelos atrás después de lo que le había hecho se ex mujer.

Mitch la ayudó a subir al vehículo, lo rodeó, abrió su puerta y puso el motor en marcha. Emma lo observó y sonrió mientras Mitch conducía a toda velocidad hacia casa.

Durante el trayecto, pensó en todo lo que les había ocurrido en menos de un año, en todo el dolor que habían tenido que soportar, y se dijo que no cambiaría nada de lo que había ocurrido porque, al final, había conseguido todo lo que siempre había querido.

Había conseguido a Mitch.

Deseo®

Un hombre misterioso

Merline Lovelace

Liz Moore acababa de sufrir un abandono y había jurado besar al primer hombre atractivo que se cruzara en su camino en aquella paradisíaca y desierta playa mexicana. Fue entonces cuando apareció Joe Devlin, el candidato perfecto. Nada más ver aquel cuerpo perfecto, Liz pensó que debía cumplir su promesa y darle un apasionado beso en los labios. Pero... ¿quién era aquel hombre realmente? Desde el principio Devlin supo que no era el único que tenía secretos, así que decidió mantener a Liz vigilada, para lo cual debía estar muy cerca de ella...

Ambos ocultaban muchas cosas...
pero no el deseo que sentían

¡YA EN TU PUNTO DE VENTA!

Julia®

Hacía ya tiempo que el bombero neoyorquino Nick Carlucci se había retirado a la tranquilidad de Tribute, Texas, para escapar de sus demonios. No quería volver a recordar… ni a sentir. Pero entonces apareció la bella reportera Shannon Malloy y consiguió que volviera a hacer ambas cosas.
Shannon no iba a permitir que Nick la evitara, para lo cual tendría que desvelar sus secretos, unos secretos que lo unirían a ella más de lo que jamás habría imaginado…

Buscando a Nick

Janis Reams Hudson

Quizá cuando descubriera su pasado conseguiría algo más que una historia… quizá consiguiera al hombre de su vida

¡YA EN TU PUNTO DE VENTA!